母《おや》子《こ》慕情

情け深川 恋女房

小杉健治

時代小説文庫

角川春樹事務所

目次

第一章　鞍替え芸者　5
第二章　消えた三十両　77
第三章　母と子　149
第四章　情合い　218

第一章　鞍替え芸者

一

霜が下りる寒い夜、深川《ふかがわ》は人影も疎《まば》らになっていた。風の音に混じり、うどん屋や蕎麦《そば》屋の売り声がどこからともなく聞こえてくる。犬の遠吠《とおぼ》えも混じり、真冬と年の暮れを感じさせる寂しさがあった。

今年の冬はいつもより暖かかったが、師走《しわす》に入った三日前から急に寒くなった。

佐賀町《さがちょう》の稲荷《いなり》小路にある『足柄屋《あしがらや》』の主人、与四郎《よしろう》は勝手口で大きな物音がしたので、手行灯《てあんどん》を持ちながらすぐに向かった。

勝手口の戸がガタガタと揺れ、「開けろ、開けろ」と呂律《ろれつ》が回っていない野太い男の声がした。

酔っ払いかと思ったが、

「あの、どちらさまでございましょう」

と、丁寧な口調できいた。

「なに？　俺《おれ》が帰って来たというのに、そんな言い草あるか」

男は叱《しか》りつけるような口調であった。

『足柄屋』は少し奥まった店なので、あまり間違えて戸を叩《たた》く者はいない。空き巣や泥棒にも入られたことがなかった。隣家の二階の灯《あか》りが点《つ》いているからだろう。隣の下駄《げた》屋の若旦那《わかだんな》が日頃《ひごろ》夜中の八つ（午前二時）くらいまで起きている。若旦那は本を読むのに耽《ふけ》っているようである。腕っぷしに自信があるらしく、以前夜中に近所で泥棒が出たときは、真っ先に気が付いて、表まで出て行って退治した。

「おそらく、家を間違えていると思いますが」

与四郎は恐る恐る言う。

「なんだと？」

男の声は徐々に大きくなる。

女房の小里《こざと》と小僧の太助《たすけ》がやって来た。ふたりとも心配そうな顔をしている。

「ただの酔っ払いだろう。戻っていなさい」

与四郎は小さな声で言い付けた。

「でも、何かあったら、私が」

太助は意気込んだ。まだ十四歳で、体も小さいが、肝っ玉だけは大きい。

「いいから」

与四郎は下がらせようとした。

その間に、戸を叩く音は益々《ますます》大きくなっていった。

「ともかく、お前たちは戻っていなさい」

与四郎はもう一度言った。ふたりは黙って従った。

「おい、開けるんだ」

外からは声が続く。

与四郎は戸に近づいた。

「早く開けろ」

「失礼ですが、どなたさまですか」

「わしは横瀬左馬之助《よこせさまのすけ》だ」

名乗る時には、どこか威厳のある口ぶりであった。名前からして、武士であろう。

「横瀬さま？」

与四郎は繰り返した。

「真田家《さなだけ》小納戸役《こなんどやく》の横瀬左馬之助じゃ。何度も言わせるな」

横瀬は怒って言った。

「相すみません。横瀬さま、お言葉でございますが、おそらく間違えだと」

「なに」

「ですから、横瀬さまは違うところをお訪ねのつもりだと思います」

「惚《とぼ》けようとしているのか」

「いえ」

与四郎は小さく答えた。外からの返事に少し間があった。だが、帰っていく足音も聞こえない。

かえって気味が悪くなり、

「横瀬さま」

と、声をかけた。

「お主、金のことをどうするつもりだ」

横瀬の声が大きくなった。

「金のこと？」

「覚えておらぬとは言わせないぞ」

「ですから……」

与四郎は話の通じない相手にどうやったら伝わるのか考えていた。相当酔っていて、こっちの言っていることが、相手に聞こえていないのかもしれない。

「横瀬さま、お訪ねの場所を間違えております」

与四郎はさっきより大きな声で言った。

しかし、それに対しての返答はなかった。

「早く開けるんだ。寒くてならない」

横瀬は戸を強く叩いた。

「わかりました。すぐに開けますので」

与四郎は仕方なく答えた。

振り返ると、太助が廊下で目を光らせていた。

「いいから、部屋に戻っていなさい」

注意すると、太助は渋々階段を上がって行った。

与四郎は襟元を合わせて、深呼吸した。万が一のことも考えて、警戒しながら戸をゆっくりと開けた。

すると、目の前には四十過ぎの背が高く、立派な体軀《たいく》の侍が立っていた。しかし、よれよれの袴《はかま》と着物だ。月代《さかやき》も剃《そ》ってなく、浪人だとわかった。

灯りを顔の方に上げると、肌が赤く、目つきが虚《うつ》ろな顔が見えた。明らかに酔っているが、目が大きく、顎《あご》がしっかりとして、威厳のある顔つきであった。少し離れているが、酒のにおいが漂う。

横瀬は微《かす》かに笑いながら、

「愛甲屋《あいこうや》三九郎《さんくろう》、久しぶりだのう」

と、声をかけた。

「お待ちください。手前は『足柄屋』でございます」

与四郎は相手の目を見て、落ち着いて答えた。

「なに？」

横瀬は与四郎の顔を覗《のぞ》き込む。

「真《まこと》じゃ。愛甲屋はどこだ」

「愛甲屋を存じません」

「嘘《うそ》をつくな」

「嘘ではございません。私は『足柄屋』の与四郎です」

「『足柄屋』？」

横瀬は目をこすり、まじまじと与四郎の顔を見つめた。

「『足柄屋』か」

と、もう一度呟《つぶや》き、

「なら小僧を出せ」

と、言った。

「え？」

「お前のところの小僧を出せと言っているんだ」

「……」

与四郎は支離滅裂な相手に迷惑と思いながら、何と答えようか考えていた。

黙っていると、

「小僧が何よりの証《あかし》だ」

横瀬は声を上げた。

全く話の辻褄《つじつま》が合わない。

だが、小僧、小僧と何度も言うということは、もしかしたら太助と何か関《かか》わりがあるのか。しかし、ここで太助に何かあってはならない。

「どういうことでございましょう」

与四郎は相手を刺激しないように、穏やかな口調できいた。

「もう昔のことは水に流して、酒でも呑《の》もうと言っているのだ。だから、早く愛甲屋三九郎を出せ」

また、愛甲屋のことに話が戻った。

「ここは『足柄屋』でございまして、愛甲屋三九郎さんという方を存じ上げません」

与四郎はもう一度優しく言った。

「小僧にきけばわかる。小僧を出せ」

横瀬が詰め寄る。

「いえ、うちの小僧も愛甲屋とは何も関係がございません」

与四郎が言うと、横瀬の目つきは、急に酒が抜けたようになった。

「『足柄屋』の小僧は……」

横瀬が言いさした。

その時、隣家のほうから人影が近づいてきた。隣家の若旦那であった。

「大丈夫でございますか」

若旦那は警戒するようにきいた。

「ええ、ご心配なく」

与四郎は頭を下げた。

横瀬が振り向き、若旦那を見た。

「こちらの横瀬さまが、愛甲屋三九郎さんという方を捜しているそうで」

与四郎は横瀬の肩越しに若旦那を見て言った。

「愛甲屋？」

若旦那が首を傾《かし》げる。

「お主も知らぬか」

横瀬が若旦那にきいた。

「存じません。ここらではないことは確かです」

若旦那は、はっきりと言った。

「おかしいな……」

横瀬はまた首を傾げ、

「少し水をくれぬか」

と、頼んできた。

「はい」

与四郎は土間の甕《かめ》から柄杓《ひしやく》で水を掬《すく》い、湯呑みに注《つ》いだ。

横瀬は水を飲み終えて、湯呑みを返した。

「迷惑をかけてすまなかった」

横瀬は急に謝ると、少しふらつきながら帰って行った。

また戻ってくるかもしれないので、与四郎と若旦那は少し間を取って、路地を出るまであとを尾《つ》けた。横瀬はとぼとぼと去っていき、戻ってくる様子はない。

「すみません、ご迷惑をお掛けしました」

安心して与四郎は頭を下げた。

「ああいう輩《やから》は困りますな。年の瀬ですから、呑み過ぎたんでしょうかね」

若旦那は苦笑いし、

「それとも、浪人の身になって、鬱屈《うっくつ》したものがあるのでしょう。きっと以前はどこかに仕官していたのでしょうが」

「真田家小納戸役の横瀬左馬之助と名乗っていました」

「そうですか。以前はそうだったのでしょうね。まあ、お気をつけて」

若旦那は注意するように言い帰って行った。

家に入ると、しっかりと戸締りをして、寝間に戻った。

「なんでしたの?」

小里が心配そうにきく。

「酔っぱらったお武家さまだった」

「そうですか。でも、どうして、そんな方が酔っぱらったとしても、うちなんかに……」

小里は不思議そうに言った。

「私を愛甲屋と勘違いしていたみたいだ」

「愛甲屋？」

「聞いたことないがな。この辺りにはそんな名前の商家はないだろう」

「愛甲といえば、相模《さがみ》ですか」

「厚木《あつぎ》村の方だ」

「そうですよね」

小里が小さく頷《うなず》く。

「何か気になるのか」

「いえ、お前さんも相模の生まれなので、ただ気になっただけです」

小里は首を横に振り、

「小僧だとか何だとか言っていませんでしたか」

「ああ、言っていた」

「太助と何か関わりがある人なのでしょうか」

「いや、愛甲屋も知らないし、太助だってそんな侍のことは知らないだろう。気にしない方がいい」

与四郎は決めつけるように言い、もう遅いからと灯りを消した。


翌日の明け六つ（午前六時）過ぎ、与四郎は小間物を背負って『足柄屋』を出た。

与四郎は二十五歳。切れ長の目に鼻筋が通り、卑しさのないすっきりした細い頰《ほお》。ここに店を出して三年になる。

店は小里と太助に任せてある。

小里はしっかりしている女房であった。綺麗《きれい》な色白の肌に、目はぱっちりしていて年齢《とし》より若く見えるが、与四郎よりひとつ上だった。与四郎の一目惚《ひとめぼ》れだった。

太助は今度の正月で十五歳だが、かなり大人びていて、仕事にも熱心だった。

一時期、うまく客が入らないことがあって、その時から荷売《にない》りを行うことにした。与四郎は元来の明るさと物腰の柔らかさで馴染《なじ》みの客が付き、『足柄屋』の方にも客足が戻ってきたので、以前よりも儲《もう》けは倍以上になっていった。それから、どんな雨の日でも、風が強い日でも休むことなく、荷売りに出ている。

店を出て、永代寺《えいたいじ》の方へ向かって歩き出した。昼間では深川あたりを売り歩くことが多い。永代寺の手前にある山本町《やまもとちょう》に差し掛かった。

町内には深川七場所のうち、櫓下《やぐらした》と裾継《すそつぎ》と呼ばれる場所がある。深川七場所は仲町《なかちょう》が最も格が高いとされているが、どこも二朱で遊べるので、昼九つ（正午）から夜九つ（午前零時）までは遊び客で賑《にぎ》わっている。さすがに朝なので、遊び客の姿はあまり見えない。

朝方にこの辺りを売り歩くと、各芸者屋から声を掛けられることが多い。夜の遅い商売なのに、意外と早起きなのだ。いや、この時刻まで起きていて、これから眠るのか。

門前仲町の火の見櫓が近くに見える『花見屋《はなみや》』という芸者屋の前を通りがかった時に、

「あ、足柄屋さん」

と、住み込みの婆《ばあ》さんに呼び止められた。元芸者で愛想も良く、若者たちの面倒見もいいので、近所でも慕われている。

いつもの挨拶《あいさつ》程度かと思ったが、

「勝栄《かつえ》さんのことで」

と、婆さんは思いつめたような顔をした。

勝栄とは元々、『花見屋』にいた芸者である。半年ほど前に、借金を全《すべ》て返し、芸者を辞めた。誰《だれ》かが身請けしたならわかるが、どうやらそのような形跡はないらしい。急に大きな実入りがあるわけでもないだろうし、どうやって金を工面したのだろうと芸者衆や客たちは話していた。

「何かわかったんですか」

与四郎がきいた。ただの近所の芸者屋の芸者というだけではなく、『足柄屋』の上客でもあった。それに、勝栄は『足柄屋』を最初から贔屓《ひいき》にしてくれた。

「芳町《よしちょう》にいるらしいの」

婆さんが答える。

「芳町に？　誰かに囲われているんですか」

「いや、座敷に出ているそうで」

「座敷に？　またどうして……」

「それがどういう訳なのか」

婆さんが首を傾げる。

深川で借金を返しているなら、わざわざ芳町の座敷に出る必要はない。それとも、芳町の芸者屋が借金を肩代わりして、迎え入れたというのか。

「どこの芸者屋かわかっているんですか」

「『菊暦《きくごよみ》』というところみたいなんです」

「聞いたことがあるような」

「甚右衛門《じんえもん》通り沿いにある小さな芸者屋だそうです」

「そうですか。そんなところに行くのも何か訳があったんでしょうかね」

「おそらくは……」

婆さんが小さい声で答え、

「ちょっと勝栄さんの様子を見に行って来てほしいんです」

と、改まって与四郎を見た。

「別に構いませんけど、ただ様子を見に行くだけですか」

「出来れば、『花見屋』のことをどう思っているかとか、なぜ、芸者を辞めたのに、また芳町で座敷に出たのか聞ければ」

婆さんは真面目《まじめ》な顔で言った。

与四郎はやや不審な表情で、眉根《まゆね》を寄せた。

先方の芸者屋がわかっているなら、直接きに行けば良い。

心の内でそう思っていると、

「勝駒姐《かつこまねえ》さんが『菊暦』へ行くことを許してくれないんです。もう勝栄はうちを去った芸者だから、色々と詮索《せんさく》するようなみっともない真似《まね》はするなと」

婆さんは困ったように言った。

勝駒というのは、『花見屋』の女主人である。元は芸者で二十年前に年季勤めが終わり、座敷から身を引いた。いまは亭主と共に芸者屋を切り盛りしている。

「もし迷惑でなければ、様子を見に行ってくれませんか」

婆さんがさっきよりも深刻そうな顔つきで頼んできた。

「うーむ」

与四郎はあまり乗り気ではなかったが、婆さんを見ているうちに気の毒になり、

「深い事情まで立ち入ることは出来ませんが、様子を見るだけは行ってみましょう」

と、約束した。

「よかった」

婆さんの顔が晴れる。

この婆さんも元は芸者とだけあって、器量はよくないが、愛嬌《あいきょう》のある笑顔であった。

「いつ行って頂けますか」

「せっかくなので、今日行ってみます」

普段は芳町を回らないが、たまには新しい場所へ行かなければいけないと思っているところであった。

「じゃ、お願いします」

婆さんは頭を下げた。

その時、勝駒が出てきた。

「足柄屋さんじゃないか」

勝駒がにこりと笑顔で挨拶をする。

「姐さん、こんな朝早くに」

与四郎は頭を下げる。

「何かあったのかい」

「いいえ、ちょっと世間話をしていた程度で」

「そうかい。この人は要らぬことを言うことがあるから、迷惑かけていたらごめんなさいよ」

勝駒が苦い顔で、じろりと婆さんを見る。婆さんは身をすくめた。

「いいえ、とんでもない。夜中に酔っぱらったお侍さまがうちにやって来て困ったという話をしていたまでで」

与四郎が咄嗟《とっさ》に誤魔化した。

「酔っ払い？」

「はい。私のことを愛甲屋三九郎という男だと勘違いしていたようで」

「そうでしたか。愛甲屋三九郎……」

勝駒はどこか遠い目をして言った。

それから数言交わして、

「では、私は」

と、与四郎はその場を離れた。

二

両国橋《りょうごくばし》を渡ると、広小路から横山町《よこやまちょう》、通油町《とおりあぶらちょう》などを抜けて、芳町まで行った。芳町というのは俗称で、甚右衛門通りの南北にあった堀江《ほりえ》六軒町《ろっけんちょう》、堀江六軒町新道《じんみち》、堺《さかい》町《ちょう》横町の総称である。この辺りには、中村座《なかむらざ》、市村座《いちむらざ》、結城座《ゆうきざ》、薩摩座《さつまざ》などの芝居小屋があり、それに伴って、芝居茶屋なども軒を連ねている。

与四郎は商売の掛け声を響かせながら、甚右衛門通りを歩き、『菊暦』を探した。『菊暦』の看板はすぐに見つかった。こぢんまりとして、年季の入った店構えであった。ちょうど、『菊暦』の裏手に差し掛かったとき、二階から女が覗いているのが目に映った。器量がいいわけではないが、妙に落ち着きがあって垢《あか》ぬけした女だ。

勝栄であった。

目が合うと逃げるかもしれないと思ったが、そんなことはなかった。

勝栄は無邪気に手を振り、

「やっぱり、足柄屋さんだったんだね。聞き覚えのある声だと思ったのさ」

と、笑顔で言った。

「勝栄さんではございませんか。こんなところで何を？」

わざと知らぬふりをした。

「話せば長くなるけど、ちょっと下りるから、そこで待っていてくださいな」

窓から勝栄は引っ込んだ。それから少しして、店の裏口から下駄をひっかけた化粧っ気のない勝栄が現れた。どんな寒中でも、羽織を着ることなく、帯をきちんと締めて、身なりを崩すことはない。

与四郎が勝栄に頭を下げると、

「半年くらい前に、深川からこっちにやって来たんだよ」

勝栄が言った。北風が吹くとともに、着物から焚《た》き込めた香りが漂う。今までに嗅《か》いだことのない落ち着いた香りであった。以前は匂《にお》い袋や香なども『足柄屋』で買ってくれていたが、この香りは扱ったことがない代物であった。

「そうでしたか。最近、お見かけしないなと心配していたところなんですよ」

与四郎はどこの香りだろうと気になりながらも言った。

「すまなかったね、挨拶に行ければよかったんだけど、何しろ忙しくてね」

「忙しいのは何よりではありませんか。勝栄さんのことですから、こちらでも相当売れっ子なんでしょう」

与四郎は顔をほころばせた。

「いいえ、全然なのよ。こっちの客はあたしのようなきつい女じゃなくて、もっと愛想の良いのが好きみたい」

勝栄は顔の前で手を大きく振る。

「なに仰《おっしゃ》っているんですか。客は勝栄さんがどれだけ心根が優しいかわかっていますよ」

「そんなことないの。ここらは本当に世辞と愛嬌がなきゃやっていけないんだから。

あとは若くないとだめね。それにここは陰間《かげま》が多いからね」

勝栄は冗談っぽく言う。顔は笑っているが、どこか不満が溜《た》まっていそうだ。ふと見上げると、さっき勝栄がいた二階の窓からまだ十七、八くらいの円《つぶ》らな目で、唇がぽってりとした娘が覗いていた。

与四郎と目が合うと、娘は顔を引っ込めた。

「あの子は陸奥《むつ》の生まれで、大人しいんだけど、なかなか芸達者でね」

「そうでしたか」

「ああいう子がこの界隈《かいわい》では売れるのよ」

勝栄が決め込んで言う。

「もし何かあれば、また深川に戻ってきたらどうです？」

与四郎は軽く言った。

「そうしたいんだけどね……」

勝栄が苦笑いする。

「何かあったんですか」

与四郎は成り行きできいた。

「大したことじゃないんだけど、まあなかなか言いにくいわけなの」

「言いにくい？　もしかして、男のこととか？」

与四郎にしては珍しく踏み入ってきいた。

「まさか、生娘じゃないんだし」

勝栄が笑った。

「では、何なのですか」

「だから、お前さんには関係のないことだよ」

「水臭いじゃありませんか。困ったことがあれば、お互いさまです」

与四郎は言った。三年前、与四郎が『足柄屋』の店を開いたばかりの時に、似たような言葉を勝栄から言われたことがあった。その頃は、あまり客足が伸びなかったが、勝栄が芸者仲間を店に連れてきてくれたりもした。

「もしお困りのことがあれば……」

与四郎は言いかけたが、

「気にしないで」

勝栄がかぶせるように言い、

「それより、芳町の方も商いで回るのかえ」

と、話題を変えた。

「今日は何となく気が向いたので来てみたんです」

「それでたまたまあたしと会ったっていうわけなのね」

一瞬、勝栄の目つきが探るように動いた。与四郎が頼まれて様子を窺《うかが》いに来たと疑っているのではないか。しかし、勝栄はすぐにまた陽気な表情に戻った。

「じゃあ、久しぶりに買わせてもらいますよ。白粉《おしろい》はある？」

「ええ、もちろん」

「お前さんの扱っている白粉は本当にいいのよね。この辺りにも小間物屋はあるんだけど、どこも酷《ひど》くて……」

勝栄はずけずけと言った。元から竹を割ったような性格で、思ったことは何でも口にする。しかし、嫌味がないので、気分を害することはなかった。

「でも、好《よ》い香をお使いじゃありませんか」

与四郎は添えるような口ぶりで言った。

「ただの貰《もら》いものですよ。本当はいつもそちらで買っているものが欲しいの」

「ありがとうございます。匂いのするものは、一緒にすると他の商品に移ってしまいますので持ってきていないんでございます。でも、ご要望であれば、明日にでもお持ち致しましょう」

「急ぎじゃないから、今度回ってきたときでも構わないけど。それより、紅も頂きたいし、簪《かんざし》などがあれば」

「紅はいつもお買い頂いているものを」

与四郎は紅を渡してから、

「簪はあまり持ってきていないのですが、こちらはいかがです？　つい先日、京に買い付けへ行った商人から分けて頂いたものです。近ごろ、京ではこういうのが流行《はや》っているそうで」

与四郎はべっ甲の簪を取り出して見せた。

「なかなか良いじゃない。薄明りのところでも際立っていそうね」

勝栄は気に入ったのか、目を輝かせながら簪をじっくりと見た。

「そうなんです。良いものなのですが、自分には派手だという方が多くて、売れ残っているんです」

「でも、気に入ったわ。これにします」

勝栄は、はっきりとした口調で言う。

「まあ、他のものよりかは値が張りますが……」

与四郎が申し訳なさそうに言う。簪としては、『足柄屋』で扱っているどの商品よりも値段が高い。そのようなものは店にしばらく置いて、売れなかったら荷売りに持って行く。案外、初回の客などが高価な品物を買ってくれる。

「一応、このくらいの値になっています」

与四郎は算盤《そろばん》でその値を示した。

「えっ、そんなものなの？」

「はい」

「それなら、買わせてもらおうかしら」

勝栄は即決した。『足柄屋』の店に来るときも、このようにすぐに決める。元々買うものが決まっているということもあるが、そうでないときにでも、見て良さそうなものがあれば、値踏みしないで買おうとする。

「でしたら、全部合わせまして……」

与四郎は持ち運び用の算盤を取り出して弾《はじ》いた。

勘定を済ませると、

「また近々寄ってくださいな」

「ええ」

「そういえば、おたくの太助だけど元気かい」

「おかげさまで」

「なら良かった。なかなかよく見どころのある子だね」

「時々、どじすることがあるんですけど、まあしっかりしています」

与四郎は苦笑いして、

「あいつがどうかしましたか？」

と、きいた。

「いつも親切にしてもらっていたから、気にかけているだけさ」

「そうでしたか。世辞でいう訳ではないのですが、太助も勝栄さんのことを随分と気にしていました」

「気にしていた？」

「勝栄さんは何か他人に思えないとか言って。ようは気が合うって言うんです」

「へえ、そんなことを」

勝栄は驚いたように目を丸くした。

「まあ、あいつは惚れやすいんです。年上の女に惚れる気持ちはわからなくはないですが」

「あたしは今年で三十八だよ」

「太助は二十代半ばくらいだと思っているんじゃないですかね」

「まさか、そんなに若く見えないよ」

「いいえ、十分に」

「またそんなこと言って」

勝栄は笑い飛ばし、

「お前さんのところも年上だっけ？」

と、きいてきた。

「ええ、ひとつだけですが」

「それじゃ、同い年のようなもんだ」

「ですが、私よりひと回りも、ふた回りもしっかりしています」

「そうだね。あたしも小里さんみたいにちゃんとしなきゃ」

「なに、言っているんです。勝栄さんは深川でも一番の芸妓《げいぎ》でしたし、ちゃんとしているじゃないですか」

「いいえ、もうこんないい加減な女はいないから嫌になっちまう。そもそもが女っぽくないのさ」

勝栄がため息をつく。飛び切りの美人というわけではないが、勝気な言葉遣いに相反した美しい所作が妙な色気を醸し出しているのかもしれない。本当かどうかはわからないが、勝気なところから、勝栄という名前が付けられたと本人は冗談っぽく言っている。


「勝栄さんなら引く手あまたでしょう」

「ならいいんだけど」

「私の仲間でも、勝栄さんに惚れている者たちはいくらでもいるんですから」

「それは嬉《うれ》しいけどね……」

「誰か想《おも》っているひとがいるんですか」

「いや」

勝栄は短く首を横に振った。

「やはり、何か悩み事が？」

与四郎はきく。

「まあ、生きていれば悩みがつきないからね。ごめんなさいね、ぐだぐだと……」

「いえ、いいんです。勝栄さんがお変わりなく、安心しました」

「そうかい」

勝栄はそう言ったあと、

「本当は『花見屋』から頼まれたんだろう?」

と、ずばり言った。

「……」

与四郎は返答に窮した。

「別に構わないよ。正直に言っておくれ」

勝栄は少しきつい目つきになる。与四郎は嘘を隠し通すことが出来ないので、思わず頷いた。

「やはり、そうなんだね。まったく……」

勝栄がどこか呆《あき》れたように言う。

「すみません」

与四郎は深々と頭を下げた。

「いや、お前さんに言っているんじゃないんだよ。『花見屋』がしつこいっていうんだよ。人目もあるから、早く頭を上げておくれ」

勝栄が促した。

与四郎は頭を上げると、勝栄の顔を見た。さっきとは変わって、明るい顔になっていた。

「お前さんは正直だから仕方ないさ。頼まれたら、断れないだろう」

子どもをあやすような言い方であった。

「本当に直さなきゃいけないところなんですが」

「そのままでいいのよ。でも、『花見屋』の誰が言ったのか知らないけど、お前さんが聞いたことは、きっとでたらめさ」

「でたらめ？」

婆さんは特に何も言っていなかった。しかし、この勝栄の言い方からすると、両者は揉《も》めていたのだろうか。

勝栄は言い過ぎたと思ったのか、少しきまずそうな表情をした。

「ともかく、何もやらかしたわけじゃないからね」

「わかりました」

与四郎はこれ以上きいては、勝栄にも『花見屋』にも申し訳ない気がして、この話はここで止《や》めることにした。

ふと、上からの視線が気になって顔を上げると、またさっきの窓から勝栄の妹分が覗いていた。

「あまりじろじろ見るんじゃないよ」

勝栄が軽く注意する。

すると、妹分は引っ込んだ。

近くで時の鐘が聞こえた。勝栄は「もうこんな」と呟いた。

「じゃあ、私はこれで失礼します。また回って来ますので」

与四郎は去り際に言った。

「もし何か困ったことがあれば、力になってくれるかい」

勝栄は下唇を嚙《か》みながら、少し恥ずかしそうに言った。

「もちろん」

与四郎は、はっきり答えた。

「ありがとう」

勝栄は笑顔で『菊暦』に戻って行った。与四郎は後ろ姿が見えなくなると、また売り声を掛けて歩き出した。

その後、日本橋《にほんばし》から京橋《きようばし》や築地《つきじ》の方を回り、今日は売れ行きがよかったので、暮れ六つ（午後六時）前に佐賀町へ戻った。

三

夕方と夜の間の薄暗い空であった。

『花見屋』を覗くと、廊下の奥から婆さんがやってきた。

額に汗が浮かんでいた。

「与四郎さん」

婆さんが声を上げる。

「お忙しそうですね。また出直します」

与四郎が踵《きびす》を返そうとすると、

「いえ、すぐ終わるので、ちょっと待っていてくださいな」

婆さんは慌ただしそうに言い、廊下の奥へ行った。それほど経《た》たないうちに、婆さんは戻って来た。

「すみません。ちょっとバタついておりまして」

「この時期ですからね」

「まあ、それもそうなんですが……」

「何か他にも？」

与四郎はきいた。

「いえ、こっちのことですので。それより、芳町に行ってくれたんですか」

「はい」

与四郎は頷いた。

「そうでしたか。それで、勝栄さんは？」

婆さんは真顔できいた。

「元気そうでした。白粉と紅と簪をお買い上げくださって」

与四郎も普段と変わらない声の大きさで答えた。

「そうでしたか。他に何か言っていましたか」

「芳町では客の好みなども違って大変そうなことを話していました」

「『花見屋』のことは？」

婆さんが重たい声できいた。

一瞬迷ったが、

「いえ、特には」

与四郎は答えた。

「本当ですか。何も言っていなかった?」

婆さんは念を押すようにきいた。

「ええ」

与四郎は頷く。

「ならいいんですけどね……」

婆さんは口をきつく結びながら、どこか疑うような目つきであった。

それから、ほんの少し話をして『花見屋』を出た。もう日が落ちていて、まだ夕方の残り陽《び》が弱々しく瓦《かわら》屋根を照らしていた。


『足柄屋』へ帰ると、帳場で小里が算盤を弾いていた。太助は商品を整理していた。

「お帰りなさいませ」

小里は顔を上げる。

「どうだった?」

決まって一言目は、今日の客の入りをきく。

「多くはありませんでしたが、大きな買い物をなさってくれた方がいましたので、いつもより売り上げはありました」

小里はそういって、大福帳を見せてきた。

「どなたがお買いになってくださったんだ」

「初めてのお客さまでした。近くの大名屋敷に勤めている女中さんのようです」

近くというと、南部美濃守《なんぶみののかみ》、松平備中守《まつだいらびっちゅうのかみ》、そして真田信濃守《しなののかみ》である。

「真田……」

与四郎は思わず呟いた。

「真田さまですか」

その女中の奉公する屋敷のことをきいた。

「いや、なんとなく思っただけだ」

昨夜、元真田家の家臣だったという横瀬左馬之助という浪人がやってきたから、そんなことを思ったのだろうか。

「その女中は奥方さまに頼まれて来たと言っていたのですが、やたらと私たちのことを尋ねてきました」

「というと？」

「どのくらい続いている店なのかとか、雇っている小僧や女中はどのくらいいるのかとか、どのくらいの売り上げがあるのかとか、お前さんがどういう人なのかということも」

小里が怪訝《けげん》そうな表情をする。

「そうか……」

与四郎は心の隅に嫌な気持ちを覚えた。中にはあれこれ知りたくて、初めて店に来る者でも何かと尋ねてくる客もいる。

だが、横瀬左馬之助は今は浪人だ。この女中は単に好奇心からきいただけだろう。

「それより、『花見屋』の婆さんに、勝栄さんの様子を見に行ってくれと頼まれて行ってきたんだ。いまは芳町にいる」

「芳町に？」

「まだ芸者をやっている。わからないが、『花見屋』で揉めて辞めたのかもしれない」

与四郎は言った。すると、小里は少し不機嫌そうな顔になった。すぐに、与四郎は感づいた。

以前、何の根拠もない噂話《うわさ》によって、『足柄屋』の客足が落ちた。それが、与四郎が荷売りに出るきっかけとなったが、その時に悔しい思いをしたからか、小里はそれ以来他人のことをとやかく言うことも嫌うようになっていた。

「ただの憶測でしかないが」

与四郎は気まずそうに付け加えた。

「勝栄さんはお元気でしたか」

小里はきく。

「ああ、いつもの様子だった」

「そうでしたか。でも、勝栄さんは弱みを他人に見せたくないのでしょうから、いくら気丈に振る舞っていたとしても、ちょっと心配です」

「たしかにな」

そんなことを話し合っていると、太助がやって来た。

「旦那さま、お内儀《かみ》さん」

太助が妙な間を空けて、

「これからちょっと出かけてもよろしいですか」

と、きいてきた。

「構わないけど」

与四郎は言うが、

「もしかして、またあの女かい」

と、きいた。

「はい」

太助が気まずそうに頷く。

小里は難しそうな顔をした。あの女というのは、太助が惚れている十八、九くらいの女だ。馬喰町《ばくろちょう》の呉服屋の娘だが、まだ前髪の取れたばかりの店の小僧をたぶらかしているのではないかと小里は心配している。与四郎からしてみても、太助は騙《だま》されているに違いないが、これも勉強だと思って、特に気にすることはない。太助にたんまりと金があるわけでもないし、取られるものはなにもない。

「行っておいで」

与四郎が太助の背中を押すと、太助はそそくさと店の間を出て行った。

小里は苦い顔をしている。

「そんなに心配することはないよ」

与四郎は苦笑いしながら言った。

「でも、猿江町《さるえちょう》のやくざ者と付き合っているような女ですよ。そのやくざ者の言いつけで、太助をうまく使って、店の金を盗《と》ってこさせようとするってことも……」

小里は不安そうに言う。

「考え過ぎだよ」

与四郎は優しく窘《たしな》めた。

「そうですかね。面倒なことにならないといいですけど……」

小里は不満そうであったが、それ以上何もいう事はなかった。

勝手口の方から「すみません」と落ち着いた若い男の声がした。声からして、隣の若旦那だろうと思い、与四郎が向かった。

案の定、そうであった。

「若旦那、昨夜は本当にありがとうございました」

「いえいえ、あの後、何もありませんでしたか」

「はい、特には」

与四郎は答えた後、

「ただ、今日、近隣の大名家の女中がお客さんとしてやって来たそうなんです。初めてお見えの方だそうですが、手前どものことを色々と尋ねてきたそうです」

「近隣の大名家というと、もしや真田さま……」

若旦那は小首を傾げた。

「はっきりとはわかりませんが、私も何となくそんな気がして」

与四郎が答え、

「また今日の夜に横瀬という侍がやって来なければいいですけど」

と、口にした。

「そうですね。ところで、今夜は見廻《みまわ》りの日ですよ」

若旦那が確かめるように言う。

町内の男たちで、火の用心の為《ため》の見廻りをすることになっている。今晩は『足柄屋』と下駄屋の番となっていた。

「はい。だいじょうぶです」

「お内儀さんと小僧さんだけになってしまうではありませんか」

「心配ないとは思いますが、念のために戸締まりはしっかりしておくように伝えておきます」

与四郎がそう答えると、若旦那は用が済んだとばかりに、

「では、また後ほど」

と、帰っていった。

それから一刻（約二時間）が経った。

与四郎は佐賀町の自身番にやって来た。

中で、町役人《ちょうやくにん》と隣の下駄屋の若旦那が火鉢を囲んでいた。

少し雑談をしてから、

「では、行って参ります」

与四郎と若旦那は町役人たちに挨拶をして、自身番を出た。

ふたり一組で二刻（約四時間）ほど回り、それから次の番に交代することになっていた。どこを回るというわけではないが、人通りの途絶えた夜の深川を回った。

夜になって、風に冷たさが増していた。それでも、若旦那は背中を丸めることなく、話をしながらも目を方々に凝らしていた。

「そういえば、昨夜の横瀬左馬之助は愛甲屋三九郎という男を捜しておりましたね」

若旦那が改まった声で言った。

「ええ、そうです」

与四郎は頷く。

「今朝、父にその話をしたところ、愛甲屋のことを知っておりました」

若旦那が言った。

「え？　どんな繫《つな》がりで？」

与四郎がきき返す。

「入船町《いりふねちょう》の塩屋で、なんでも十五年ほど前に二十両の金を貸したきり、返ってこなかったそうです。店もなくなっていたと」

「夜逃げですか」

「そのようですね」

若旦那は頷いた。

「すると、横瀬というお侍も愛甲屋と何か揉め事があったのですかね」

与四郎は独り言のように呟いた。

「あり得ますね」

若旦那は深く頷いてから、

「それにしても、あの侍も酔っぱらっていたとはいえ、随分と横柄な態度でしたね」

と、急にとげとげしく言った。

「まあ、あんなものでしょう」

与四郎は苦笑いする。

時折、武家屋敷の近くを通ると、屋敷に呼ばれて、妻女に小間物を売る機会があるが、その時に出くわす武士たちの態度は横瀬以上のものであった。

「そういえば、五つ（午後八時）くらいに太助が例の綺麗な女と口論になっているのを見かけましたが」

「え？　口論に？」

太助が『足柄屋』に戻ってきていたのは知っていたが、すぐに二階へ上がって行ったので顔を合わせていない。

「太助が一方的に怒っている感じでしたね」

「そうでしたか。それはお見苦しいところをお見せしました」

「いえ、あのくらいの年で、あんな綺麗な女と出歩けるなんて、羨《うらや》ましい限りです」

若旦那が微笑《ほほえ》む。

「若旦那だって、色々とお噂は聞きますよ」

「恥ずかしい限りです」

「いえ、そのくらいでないといけないと思うんですよ。これは世辞で言っているわけではなくて、私なんかみたいに、ただがむしゃらに働いていた人間と比べて、心に余裕がありますからね」

与四郎は本心からそう言った。

「そんなことはないとは思いますがね。ただ、女に騙されたとしても、太助にとっても良い経験になると思うんです」

「騙されるというのは……」

与四郎は眉根を寄せ、

「でも、うまく騙されるのなら、それに越したことはありませんね」

と、自分に言いきかせるように言う。

「うちの父もそんなことを言っていましたね」

若旦那が言う。

「そうですか。旦那も真面目過ぎる程の方ですから、僭越《せんえつ》ながら、私とどこか似ているようなところも感じるんです」

「そういえば、性格が似ているかもしれませんね」

若旦那は改めて与四郎を見て言った。何を思ったのか、やけに納得したように頷いていた。

「でも、小里は気にしているんです」

「女にうつつを抜かしてはいけないと？」

「いえ、もしかしたら、その女にそそのかされて、店の金を盗ることもあるんじゃないかと」

「あの太助がそんなことをするとは思えません。あの女は素人っぽくないですが、だからといって、そこまでの悪い女にも見えません」

若旦那は、はっきりと言った。

強い風が吹き付ける。

ふたりの白い息が、今にも凍りそうであった。

「何かあれば、私が間に入りますよ」

「若旦那にそんなことをさせては……」

「いえ、いいんです。太助のことはどうも見て見ぬ振りが出来ないんです。昔の自分に似ているというか……」

「え、そうですか？」

「なんとなくですけど」

若旦那が答える。そんなことを話していると、真田信濃守の屋敷の前までやって来た。横瀬左馬之助の顔が浮かぶ。

「与四郎さん」

「はい」

与四郎は顔を向ける。

「横瀬のことを聞いてみましょうか」

若旦那がふいに言った。

「そんなことをきけば、怪しまれませんか」

「大丈夫ですよ。もしそうなったとしても、昨日のことを正直に話せばいいんですから」

若旦那は意に介さない。

「本当に真田家に仕えているとしたら、恨まれることはありませんかね」

「気にすることはありませんよ」

「そうですかね」

「ええ。外泊は禁止されている大名家は多いですが、酔っぱらって処罰されるなんて聞いたことがありません。どこかで暴れたわけでもないですし」

若旦那の声が不思議と弾んでいた。

「しかし……」

二の足を踏んでいたら、若旦那が門の方に近づいて行った。門番がこちらをちらりと見た。

若旦那は頭を下げた。

門番は小さく頷く。

「失礼ですが、こちらに横瀬左馬之助さまというご家来はいらっしゃいますでしょうか」

若旦那は躊躇《ちゅうちょ》することなくきく。与四郎は隣で心配しながら様子を窺った。

「知らぬな」

門番は不審そうな顔をする。

「実は昨夜、横瀬さまをお見掛けしまして、大そうお体の具合が悪そうでしたので、心配をしておりました」

「そのような者はおらぬ」

門番は突慳貪《つっけんどん》に言った。

「以前はいかがでしょうか」

「知らぬな」

門番は追い払うように言う。

「ありがとうございます」

若旦那は礼を言って、踵を返す。与四郎も門番に頭を下げてから、若旦那と共にその場を後にした。

少し歩いてから、

「随分とぶっきらぼうな門番でしたね」

と、若旦那が苦笑いして言った。

「仕方ありませんよ」

与四郎はそれ以上気にしないで、深川を何周かして、見廻りを終えた。


九つを過ぎていた。

かじかんだ手で、勝手口の戸を開け、静かに中に入る。足音を立てないように二階へ上がった。太助の部屋から灯りが漏れていた。

与四郎は襖《ふすま》の前で、「まだ起きているのか」と声を掛けた。

「ええ、ちょっと、目が覚めてしまいまして」

中から太助の掠《かす》れた声が聞こえる。

「入ってもいいか」

与四郎がきくと、物音がして、すぐに襖が開いた。鬢《びん》が少し解《ほっ》れた太助が現れた。どことなく泣きっ面に見える。

「旦那さま、お帰りなさいまし」

太助は気遣うように言った。

「ああ、ちょっと入ってもいいか。寒くて……」

「はい」

太助は慌てたように中に入れてくれた。

夜具は畳んであって、壁際の文机《ふづくえ》の上には人情本が置かれていた。脇《わき》には小さな火鉢が置いてあった。

与四郎は火鉢の前に腰を下ろし、手をかざしながら、

「その年で、こんなものを読んでいるのか」

と、感心するように言った。

「ええ、ちょっとは世の中のことを知っておかなければならないと思いまして。これ、お客さまが下さったのです」

太助は立ったまま、真面目な顔をして答えた。

与四郎は太助をちらりと見て、笑った。

「まあ、座れ」

促すと、太助は素直に腰を下ろした。

「男女の色恋が描かれている人情本なんて読んでも、いまのお前には何も響かないだろう」

与四郎は柔らかい口調で言った。

「いえ、ただの男女の話だけではありません。人としてどう生きるのかということもちゃんと描かれています」

太助がむきになって言い返す。

「お前には早いと思ったが……。もう、こういう本を読む年頃になったのだな。すまなかった」

「いえ」

太助が俯《うつむ》き加減に首を横に振る。

「親しくしている女、なんと言ったっけ」

「……」

「夕方にも、会ってくると行っていただろう」

「はい」

「名前はなんだ」

与四郎は落ち着いた声で、もう一度きいた。

「お華《はな》さんです。最初はお紺《こん》って言っていたんですが、本当はお華というんです」

太助が小さな声で答えた。

「そう、お華だった。そのお華と何かあったか」

「いえ」

「隠さなくたっていい」

与四郎はなだめるように言った。太助は与四郎の顔をじろりと見ながら、観念した
ように軽くうなだれて、

「ちょっと揉めました」

と、白状した。

「揉めた？　またどうして」

「大したことじゃないんです」

「でも、お前がお華を怒鳴りつけていたって聞いたぞ」

「怒鳴ったつもりはありませんが……」

「言い争っていたのか」

「はい」

太助は畳の一点を見つめながら、こめかみを掻《か》いた。

だが、これ以上は言いたくなさそうに口をきつく結んでいた。

「なあ」

与四郎が太助の肩に軽く手を置いた。

太助は与四郎を真っすぐに見る。

「お前がそんなに声を荒らげるのはよっぽどじゃないか」

「……」

「小里には何も言わない」

「いえ、そういう問題ではなくて」

太助は答えようとしなかった。

「もしも困ったことがあれば、私が出て解決してやる」

与四郎は気休めではなく言った。

それも旦那の役目だと厭《いと》う気持ちはなかった。むしろ、太助がひとりで困っていて、商売にも手がつかない方が避けたかった。

「旦那さま」

太助は口を軽く開けた。何か言いたそうだ。

「……」

しばらく待ったが言葉が出てこない。

「女に騙されたのか」

与四郎はきいた。

「いえ、騙すような女ではありません」

太助の口調が強くなった。

「お前が悪いのか」

「どうでしょう」

「他の女と好い仲になったのか」

「いえ、そんな」

太助は思い切り首を横に振る。

「煮え切らないな」

与四郎は軽い調子で言ったあと、

「話して、楽になった方がいい」

と、諭した。

太助は口を開きかけたが、

「いや、いくら旦那さまにでも言えないことでございます。これを言ってしまえば、あっしがどんな目に遭うかわかりません」

と、物騒なことを言う。

太助は言葉の弾みで、そんなようなことを言う性格ではない。本当にどんな目に遭うかわからないと思っているのだ。

「女の後ろに悪い奴《やつ》がついているのか」

猿江町のやくざ者と付き合っているという話を持ちだそうとしたが、与四郎は喉《のど》の奥に押し込んだ。

「いえ」

太助は首を横に振った。

「本当か。もし、悪い奴らがついているなら……」

与四郎は言いかけたが、

「悪い奴らはいませんが、ともかく普通ではないんです」

太助は苦しそうに答える。

「普通ではない？」

与四郎はさらにきいた。太助の顔が余計に渋くなる。悪い輩がついているのでないとしたならば、なんなのだろうか。

少し考えたが、さっぱりわからない。

太助が教えてくれる様子もない。

「何にせよ、腹をくくったほうがいい。面倒なことに巻き込まれたくなければ、縁を切るべきだ。どんなことがあろうとも、その女がいいのであれば、何も考えずに女を信じて付き従うべきだ」

与四郎はいつになく断言した。

「何も考えず……」

声は小さくて聞こえなかったが、太助の口元がそう動いた。

「まあ、今日はもう休んだ方がいい。明日、寝不足で商いにならないなんてことはないようにな」

与四郎はそう言って、部屋を出て行った。

四

明朝、目が覚めて廊下に出ると、ひんやりとした澄んだ空気に包まれた。まだ陽が昇っていない。居間から焼き魚の匂いが漂ってきた。それにつられるように居間へ行くと、

「昨日は遅かったんですね」

小里が言った。

「帰って来た後、太助が起きていたから少し話していたんだ」

与四郎は答える。

「太助が？　今日はいつもより早起きして、もう表の掃除を始めていますけど」

小里は少し驚いていた。

何か太助の中で、心変わりが起きたのかもしれない。

「そういえば、最近千恵蔵《ちえぞう》親分が見えませんね」

小里がふと思い出すように言った。

千恵蔵親分というのは、今戸《いまど》に住んでいる元岡《おか》っ引《ぴ》きである。もう岡っ引きを辞めてしばらく経つが、未《いま》だに皆から親分と言われている。なぜかわからないが、与四郎と小里には色々と好くしてくれている。

「もうひと月は会っていないな」

いつもであれば、月に三、四度は深川の方に来たついでに、『足柄屋』に寄ってくれる。

「親分に何かあったってことはないですかね。近所のひとたちに聞いても、親分がこっちの方に来ている様子はないようなので」

小里が心配そうに言う。

「なら、あとで今戸の方を回ってみる」

「そうしてください」

小里が言った。

朝餉《あさげ》を済ませ、与四郎が品物を担いで『足柄屋』を出ると、太助が店の前を掃除していた。何か吹っ切れたように、「おはようございます」と大きな声を張っていたが、どこか朧《おぼろ》げな目をしていた。

与四郎は深く追及することなく、

「朝から精が出るな」

と、顔をほころばせた。

「旦那さま、今度私が売り歩いてもよろしいでしょうか」

太助が箒《ほうき》の手を止めてきいてきた。

「いや、まだ駄目だ」

与四郎は首を横に振った。

「しかし、旦那さまに会いに来るお客さまもいます」

「小里が相手をしているだろう」

「でも、旦那に会いたいんだと思います」

太助が言い返す。

「そうだな……」

確かに、小里からもそのようなことを聞かされる。だが、まだ小僧の太助には到底任せきれない。いくら陽の沈むまでだからといっても、途中で追剝《おいはぎ》に遭うことだって考えられる。

「旦那さま、お願いです。売り歩くのは、私の修業にもなると思うんです」

太助が頭を下げた。道を通り行く近所の者たちが微笑ましそうに太助を見ていた。

「一日中、お前に任せるってわけにはいかないから、一日のうち、数刻だけはお前に任せてみてもいいか」

与四郎は妥協した。太助は喜んだ。

「では、さっそく今日から行ってもよろしいですか」

「まだ駄目だ」

「どうしてですか」

「まだお前に荷売りの作法なり、何なりを教えていない」

「そうですか。じゃあ、いつならいいんですか」

「考えておく」

与四郎は頷いた。

「お願いします」

太助は再び大きく頭を下げた。

「それにしても、急にどうしたんだ」

与四郎はきいた。

「昨日の夜、あれから考えたんです。私は旦那さまに憧《あこが》れているんです。何もあの女のことで、くよくよしていたって仕方がないって」

「そうか。偉いな」

「もう商いに勤《いそ》しもうと思っているんです」

太助は意気込んだ。

「じゃあ、今日の夜に色々と教えるからな」

与四郎はそう言って、『足柄屋』を離れて行った。

昼過ぎ、浅草《あさくさ》の町々を回りながら、今戸に辿《たど》り着いた。今戸神社の裏手にある寺子屋に寄った。千恵蔵はいま寺子屋で近所の子どもたちに読み書き算盤を教えている。

土間に入り、

「親分、与四郎でございます」

と、声を掛ける。

「おう」

奥から声が聞こえてきて、それから足を引き摺《ず》った千恵蔵がやって来た。

「どうしたんです？」

驚いて、与四郎は駆け寄った。

「ああ、これか」

千恵蔵は自分の足を指してから、

「ちょっと屋根掃除をしていたら、梯子《はしご》から落ちてしまって。もう年かな」

と、恥ずかしそうに言った。

「何かお手伝いできることがあったら仰ってください。屋根掃除だろうとなんだろうと、私がやりますから」

与四郎は訴える。

「いや、普段は近所に頼んでいるんだけど、たまたまそいつの具合が悪くて、どうせなら俺がやろうと思ったんだ。そしたら、この有様だ」

千恵蔵が苦笑いする。

「足以外にお怪我《けが》は？」

「ない。頭を打たなかったから、まだよかったようだ。医者からはしばらく安静にしていろと言われているんだ」

「それで、ここしばらく深川の方にお見えにならなかったんで」

「ああ、すまねえな」

「いえ、小里と共にどうしたのだろうと心配になっていて」

「まあ、あと十日もすればよくなると思うから、お前さんのところに伺わせてもらうよ」

「恐れ入ります」

与四郎は頭を下げた。

「近ごろ、どうだい」

千恵蔵が調子変わってきいた。

「お陰様で順調でございます」

「お前さんのことなら、いつも心配に及ばないな」

「いえ、前に変な噂を立てられた時なんかは、親分がいなければもうどうにも立ち行るかなかったですよ」

「そんなことはない。お前さんと小里さんなら、どんなことになってもやっていける」

千恵蔵は断言してから、

「小里さんも変わりはねえか」

と、きいてきた。

「はい。おかげさまで」

「よかった。そういや、小里さんに薩摩芋《さつまいも》をもらった礼をまだしていなかったな。ひとりじゃ食べきれなかったから、寺子屋に来る子どもたちに分けてやったんだ。皆、美味《おい》しいって喜んでやがった」

千恵蔵が嬉しそうに言う。

小里のことを話すときには、いつも笑みを絶やさない。

「太助は？」

千恵蔵はさらに気遣った。

「あいつはまだ十四ですが、小生意気にも女のことで揉めていまして」

「小里さんが心配しそうだな」

千恵蔵は苦く笑った。

「まさに、そうなんです。その女が太助をうまく使って、店の金でも盗むんじゃないかと変に疑っていまして」

「太助に限って、そんなことはしないだろう」

「皆さん、そう仰ってくださるのですが……」

「まあ、女の勘は当たるから、小里さんの言うことも気に留めて置いたほうがいい」

千恵蔵はやけに真面目な顔をして言った。

確かに、小里はとんでもないことを言うときがあるが、当たっていなくても、遠からずということが多い。

「わかりました。肝に銘じます」

与四郎は子分のような面持ちで答えた。

「もし、太助に何かあったら、俺が片を付けてやるから安心しな」

千恵蔵はいつもながら強い語気で言った。岡っ引きだった時の威厳は未だに健在である。大抵のことは解決してみせる。

「心強いです」

与四郎はそう答えてから、ふと思い出すように、

「そういえば、親分は愛甲屋三九郎をご存じですか」

と、唐突にきいた。

「愛甲屋三九郎……」

千恵蔵は眉間に皺《しわ》を寄せ、顎に手を遣《や》った。

急に鋭い目つきになる。

普段はあまり出ない、岡っ引きの時の目であった。

「聞いたことがある。ちょっと待ってくれ。深川の方に住んでいた奴か」

千恵蔵が小首を傾げた。

「そうです。十数年前に入船町に住んでいたといいます」

「ああ、思いだした。そいつなら知っている」

千恵蔵は軽く太ももを叩いた。縄張りは浅草周辺であったが、他の地域の事件や揉め事にも明るい。

「商売をしていたがうまくいっていなかったようだ。金のことで何やら色々な人たちと揉めていたようだ。ある時、急に姿を消して、それっきりだった」

「私の隣の下駄屋の旦那も、愛甲屋に金を貸したところ、忽然《こつぜん》と姿を消されてしまったそうで」

与四郎は言った。

「愛甲屋がどうしたんだ」

「実は一昨日《おととい》の夜、真田家の横瀬左馬之助さまという侍が夜中にうちを訪ねてきたんです」

「夜中に？」

「と言いましても、ただ酔っぱらっていただけのことですが。それで、横瀬さまが私を見て、愛甲屋三九郎であろうと言ってきたのです」

「お前さんと愛甲屋は似ていないがな」

「なので、ただ単に酔っぱらった上での言葉だと思いますが、なぜか気になってしまって。それとは関わりがあるかわかりませんが、昨日、近所の大名家の女中が『足柄屋』にやってきまして、色々なことを訊《たず》ねてきたそうなんです。近所といえば、やはり真田家でありますので、ただの偶然ではないと思いまして」

与四郎は自然と重々しい声になっていた。

「うーむ」

千恵蔵は首を傾げ、

「ただの思い違いかもしれないぞ」

と、言った。

「まあ、そうかもしれないのですが、ちょっと気になっているんです」

「そうか、愛甲屋か……」

千恵蔵は呟いた。

それから、再び小里の話題になり、ひとしきり話し込んで、千恵蔵の家を辞去し、橋場《はしば》のほうまでまわって引き返した。


その日の夜、千恵蔵は駒形《こまがた》の蕎麦屋に来ていた。そこで、岡っ引きの新太郎《しんたろう》と会っていた。新太郎は元々千恵蔵の手下で、千恵蔵が引退した後に浅草一帯を縄張りとする岡っ引きとなった。

いつも新太郎と話すときは、この蕎麦屋の奥の席と決まっている。目の前にあるのは、酒と軽くつまめるものだけだ。呑むときには、食が細くなるのはふたりとも同じである。始めてから半刻（約一時間）が経つが、ふたりで三合は呑んでいた。

「そういや、愛甲屋三九郎って覚えているか」

千恵蔵は酒をぐいと口に運びながらきいた。

「ええ、覚えています。急にいなくなった人ですよね。確か、入船町の……」

「そうだ」

「それがどうしたんです?」

「二日前の夜中に、与四郎のところに横瀬左馬之助って侍が酔っぱらって来たそうなんだ。それで、与四郎のことを愛甲屋三九郎と間違えたそうだ」

千恵蔵は手酌で注ぎながら言った。ふたりの間で、与四郎といえば、『足柄屋』だとすぐに通じる。

与四郎の女房、小里は千恵蔵の血のつながった娘である。しかし、そのことを小里は知らない。小里の母は、千恵蔵のことを言わないまま、死んだのだった。千恵蔵と小里の関係を知っているのは、新太郎だけだ。

「愛甲屋といえば、橋場の辻斬《つじぎ》りが思い出されます」

新太郎はぽつりと言った。

「橋場の辻斬り……」

「十五年前のですよ」

新太郎は思いだしたように言う。

千恵蔵は腕を組んで、遠い記憶を探った。

十五年ほど前の正月七日の夕方、橋場不動の近くで辻斬りがあったと報《しら》せが入った。

報せてくれた者によると、何があったのかわからないが、若い侍が駕籠《かご》かきを斬りつけて、そのまま逃げたという。

千恵蔵は新太郎を連れてすぐさま駆け付けた。しかし、到着した時には、斬られた男の姿はなかった。誰かが冷やかしで嘘の報告をしたのかと思って帰ろうとしたところ、

「親分、これを見てください」

新太郎が腰を屈《かが》めて、地面を見つめながら言った。そこには黒っぽい跡が残っていた。その箇所だけでなく、他にも飛び散っていた。少し大きめの石にも付いていて、まだ乾ききっていなかった。嗅いでみると、血の匂いがする。

「ここで誰かが斬られたんだ」

千恵蔵は決めつけるように言って、新太郎を見た。

新太郎も同じ考えだったようで、力強く頷いていた。

「しかし、この血の量からして、死ぬほどではなさそうだが、だからと言って、平然と歩くことも出来ねえだろう」

千恵蔵が推測する。

「なら、近くにいると？」

「ああ」

「でも、どうしてこの場所を離れたんですかね。また、侍が戻ってくると恐れをなしたのですかね」

「いや、侍だって一度逃げたなら、すぐに戻ってくることはあるめえ。だとしたら、斬られた奴は俺らから身を隠したかったのかもしれねえ」

「あっしらから身を隠すとなると……」

新太郎はすぐに閃《ひらめ》いたように、目を大きく見開き、

「ハゲ鼠《ねずみ》ですか？」

と、きいてきた。

「そうに違いねえ」

千恵蔵は周囲を見渡しながら、決め込んで言った。

その頃、浅草や下谷《したや》あたりから駕籠で吉原へ向かう途中で、客が駕籠かきに強請《ゆす》られるということが増えていた。客は皆、仕官している侍であって、もし、金を出すことを断れば、酷いときには駕籠ごと川へ投げ込むこともあるという。

ただ、その駕籠かきの本名などは知られておらず、金を強請り取られた者がその男の容姿を例えるならハゲ鼠だと言ったことから、千恵蔵や新太郎たちの間ではその名

で通っていた。

「ここからそこまで遠くなく、隠れるのに丁度良い場所といったら、不動さまじゃねえか」

千恵蔵はそう言いながら、すでに足は進んでいた。

すると、案の定、橋場不動尊の社殿にハゲ鼠らしい男が倒れ込んでいた。その横には、弟分らしき男がいて、匕首《あいくち》を抜いて身構えた。

相手はふたりといっても、ひとりはもう使い物にならない。

「観念しやがれ」

千恵蔵は弟分に十手を突きつけた。

弟分は匕首を振り回したが、千恵蔵が十手で払いのける。その隙《すき》に新太郎が弟分を捕らえ、縄を掛けた。

ハゲ鼠は千恵蔵を見るなり、逃げ出そうとしていたが、もはやその余力は残っていなかった。

千恵蔵は倒れているハゲ鼠の喉元に十手を突きつけながら、

「全て白状するな」

と、確かめた。

「ああ……」

弱々しい声が聞こえた。

「本当だな」

千恵蔵は念を押す。

「約束する」

そう誓わせて近くの自身番まで運んだ。

医者を呼んできて、手当てをしてもらったが、この日はハゲ鼠から話を聞くことはできなかった。弟分にきいてみると、思った通り、この日も侍を乗せて強請ろうとしたところ、侍が急に飛び降りてきたそうだ。駕籠かきふたりは匕首を取り出したが、素早い刀技でハゲ鼠に斬りかかったかと思うと、急に青い顔をして、逃げて行ったという。

「どうにも解せぬな」

千恵蔵は呟いた。

向こうから襲ってきたのだから、斬りつけたとしても罪にならない。それに、武士と町人である。武士の言い分が通るに決まっている。それなのに、どうして逃げたのだ。

もやもやしたまま、次の日から千恵蔵はその斬りかかった侍を捜すことにした。

だが、結局は見つけられないで終わった。

そのことを走馬灯のように思い出した。

「それと、愛甲屋がどう絡んでいるんだ」

千恵蔵はきいた。

新太郎は顔を突き出して言った。

「あの時、最初に自身番に報せたのが愛甲屋三九郎だったんですよ」

「なんだと」

外では、北風が音を立てて吹いていた。

第二章　消えた三十両

一

十二月八日の七つ（午後四時）過ぎ。小雨が降って来た。北風もまじって道端の柳が音を立てている。

与四郎は永代寺門前山本町で荷売《にないう》りをしていた。この日は、日本橋や神田界隈《かんだかいわい》を回ったが、客に呼び止められることが少なかった。こういう時は深川一帯に戻ることにしている。だが、深川でも思ったように声が掛からなかった。

寒さが厳しいからであろうか。

与四郎のかじかんだ手が段々と赤くなる。温かい息をかけても、気休めにもならなかった。

与四郎は周囲を見渡して、通行人がほとんどいないのを確認すると、『足柄屋』に向かって歩いた。

誰《だれ》ともすれ違うこともなく、ちょうど、『花見屋』の前を通りかかった時、

「足柄屋さん」

と、店の中からしゃがれた声がかかった。それから、『花見屋』の婆《ばあ》さんが慌てたように店から飛び出してきた。

肩で呼吸をする婆さんの息がやけに白かった。

「どうも」

与四郎は頭を下げる。

「あれから、芳町へは回りましたか」

婆さんがきく。

「一昨日《おととい》通りましたが、勝栄さんには会えずに……」

与四郎は首を横に振った。

「また勝栄さんのところへ様子を見に行ってきてくれないかしらと思っていたんですよ」

「また？　何か伝言でも？」

「そういうわけじゃないんですけど、色々探ってきてもらえたら……」

婆さんが心なしか声を小さくして、警戒するように言った。

「探るって……」

与四郎の言葉の途中で、

「勝栄さんが『花見屋』や私のことをどう思っているのかって。多分、恨んでいると したら、私のことを悪く言っているような気がするんです。別にどう思われようが構 いませんけど、あることないこと噂《うわさ》されてはたまったものじゃありませんから」

と、婆さんは与四郎が口を挟む間もない程、一気に喋《しゃべ》った。ひと通り話したら、婆 さんは不安そうな目を向けてきた。

「先日伺ったときには、悪口なんて言っていませんでしたよ」

それに、勝栄であれば、ねちねちと辞めた店の悪口など言うはずがない。だが、落 ち着かなそうな婆さんを目の前にして、そのことをずばっと言うことが出来なかった。

「でも、本当のことはわからないじゃありませんか」

婆さんは言った。

雨も強まってきたので、早く立ち去りたかったが、やけにしつこい目で見られて、 その場を離れられなかった。

「勝栄さんが変な噂を流すなんてありえませんよ」

与四郎はもう一度、はっきりと言った。

「わからないでしょう。足柄屋さんは勝栄さんのある面しか見ていないから、いい子に思えるだけなんですよ。足柄屋さんだけじゃなくて、男の人たちは皆そうなんですから」

婆さんが愚痴っぽく言う。

勝栄と婆さんは仲が良かった。しかし、勝栄が突然、深川からいなくなるひと月くらい前から、どことなく亀裂《きれつ》が入っているのではないかと感じていた。しかし、この婆さんは愛想もよく、人柄もよいが、少々気が強いところがあるので、たまたま何かでぶつかっているだけなのかもしれないと思っていた。

「男の人たちって?」

与四郎はきいた。

「客とか、色々ですよ」

婆さんが口ごもる。

「そんなに心配でしたらご自身の足で確かめに行ったら如何《いかが》ですか」

与四郎は半ば面倒に思いながら言った。

「それができないから、頼んでいるんじゃありませんか。もう足柄屋さんくらいしか頼めないんですよ」

婆さんが泣きつくように答える。

「もうって言いますと、以前に誰か……」

「誰も私の頼みを聞いてくれないのさ。最後の頼みは足柄屋さんだけ」

さらに続けて、

「お願いですよ」

と、婆さんは手を合わせた。

「わかりました。とりあえず、明日にでも芳町に行ってきますよ」

与四郎は早く終わらせるために、渋々約束をした。

「すみませんね。私も年を取ったせいか、すぐに心配になって……」

婆さんは縋うように言う。

ふと、店の奥を見ると、勝駒姐《ねえ》さんが訝《いぶか》しそうな目でこちらを見ていた。だが、与四郎と目が合うと、にこりと笑顔をつくり、お辞儀をしてきた。

「また余計なことを話したって叱《しか》られてしまいます……」

婆さんは苦笑いしながら、店に入って行った。

与四郎は『足柄屋』に向かって足を急がせた。雨がさらに強まっていた。

次の日の昼前。

与四郎が芳町の『菊暦』の近くで売り声を掛けていると、勝栄が出てきて、小走りで向かってきた。

「数日前にも通ったみたいだね。あたしの妹分が言っていたよ」

「ええ、匂《にお》い袋を持ってこようと思いまして」

「そうだったのかい。留守にしていて、すまなかったね」

「いいんです。お稽古《けいこ》にでも行かれていたのですか」

「そうなんだよ。芳町はあまりいい所じゃないけど、近くに有名な常磐津《ときわず》の師匠がいてね。そこに通っているのさ」

勝栄が清々《すがすが》しい笑顔で答えた。芸の話になると、目が一層のこと輝き出す。客に酒を注《つ》いで、世辞を並べたり、口説き文句を交わすよりも、本当に芸のことが好きなのだといつもながら感じさせる。

「もう深川に戻ってくることはないですか」

与四郎はきいた。

「ないね」

「何かあったんですか」

与四郎はきいた。

「この間も言ったじゃないかえ」

「他にもあるのかと思いまして」

与四郎がそう言うと、勝栄は急に目の色を変えた。表情がやや堅くなり、与四郎の目の奥を覗《のぞ》き込むように見つめて、

「もしや、また様子を見に行くように頼まれたんじゃないかえ」

と、低い声を出した。

「いえ、違いますよ」

与四郎は慌てて否定する。

「あの婆さんに頼まれたんだろう？」

「婆さん？」

与四郎はきき返した。

「惚《とぼ》けなくたっていいんだよ。『花見屋』の婆さんさ」

勝栄が決め込んで言う。

「いえ、そういうわけでは……」

与四郎は首を横に振ったが、

「そうに違いないよ。あたしがこっちにやって来て少ししてからも似たようなことがあったんだよ」

「似たようなことと言いますと？」

「元加賀町《もとかがちょう》の熊吉《くまきち》が来たんだ」

勝栄は言った。

熊吉は元加賀町に住む三十代半ばくらいの男で、『足柄屋』と同じ時期に帯を売る店を出した。互いに同じ馴染《なじ》みの客が何人もいる。よく、料理屋に上がり、勝栄を呼んでいたようだ。

体が大きく、心根は優しい。それ故に、頼まれたことは断れない。

「あの婆さんはちゃっかりしているから、熊吉をうまくそそのかして、様子を見に来させたんだ」

勝栄が決めつけて言った。

たしかに、熊吉なら婆さんに頼まれたら断れないと思いながらも、

「熊吉さんも勝栄さんにはお世話になったのでしょう」

と、答えた。

「世話になっただろうが違うね。熊吉はあたしに惚《ほ》れていたのさ」

「惚れていた？　熊吉さんが？」

思わず大きな声が出た。たしかに、熊吉にはあの年になっても、女の影がなく、誰か一途《いちず》に想《おも》っているひとがいるのかと感じていた。

「なんだい、そんなに驚かなくたっていいじゃないか。あたしだって、まだまだ廃《すた》れていないよ」

勝栄がふくれっ面になる。

「いえ、そういうことでは……」

与四郎が慌てて取り繕おうとすると、勝栄は愛らしい笑顔になった。

「冗談さ。熊吉もあたしのどこがいいのかわからないけどね」

笑いながら言い、

「それで、あの婆さんがそこに付け込んで、あたしを探りに来させたのさ」

と、口元を歪《ゆが》めた。

「あの婆さんはそんなつもりはないと思いますけど」

「いや、そうに違いないよ」

「婆さんと何があったんですか」

与四郎はきいた。

「何もないけど」

「何もないのに探るなんて腑《ふ》に落ちませんが」

「しいていえば、『花見屋』を辞めたことでしょうね」

「でも、勝駒姐さんとは揉《も》めているわけではないんですよね」

与四郎は確かめた。

「どうだろうね」

勝栄はため息混じりに、曖昧《あいまい》に首を動かした。

「熊吉さんは、それから来ていないんですか」

与四郎は改まった声できく。

「来ていないね」

勝栄は即座に答えた。

「私も近頃《ちかごろ》は会っていないんですけど、忙しいのかもしれませんね」

与四郎は縋うように答えた。

「違うよ。最後に会った時に、もう来ないでくれって強く追い返したからさ」

「どうしてです？」

「あいつに悪気はなかったんだろうけど、あたしを泥棒扱いしてね」

「泥棒？」

与四郎は思わずきき返した。

「『花見屋』の金を盗んだって言うんだ。酷《ひど》いだろう」

勝栄が呆《あき》れた顔をする。

「またなんでそんなことを？」

「あの婆さんがそんな話をあいつにしたのさ。あいつは純粋だから信じこんじまって、『俺《おれ》がその金を返すから、よかったら一緒にならないか』ってね」

勝栄が鼻で嗤《わら》う。

「待ってください。実際に『花見屋』から金が盗まれたのですか」

与四郎はあわててきく。

「おそらく、そうなんだろうね。姐さんは何も言わなかったけどね」

姐さんとは、『花見屋』の勝駒姐さんのことだ。勝駒が婆さんに無駄なことを言わなかったかときいていたのは、ただ単にお喋りだからということではなく、金が盗まれたことと、それが勝栄の仕業だと疑っていたことなのかもしれない。

「もしかして、勝栄さんが深川からこっちに移ってきたのは……」

与四郎は勝栄の顔色を窺《うかが》う。

「まあ、そうだね。そのこともあったのさ」

勝栄は小さな声で答える。

なんて答えようか迷っていると、勝栄は続けた。

「もちろん、あたしはそんなことをしないよ」

「ええ、わかっていますよ」

与四郎は大きく頷《うなず》く。

「でも、熊吉はあたしをそんな風に見ていたのさ。それで、あたしが頭に来て色々言ったら、いじけちまって。いい年した男が、そんなんじゃだらしないだろう？」

勝栄は改まった顔で与四郎を見た。

「熊吉さんはそういう所がありますが、根はいい奴《やつ》です。勝栄さんを本気で疑ったわけではないはずです」

「それはわかっているさ。だから、少し強く言い過ぎたとは思っているよ。でも、それを引きずって、未《いま》だに顔を見せないなんてだらしないじゃないかえ？」

勝栄はもう一度、腐すように言った。

与四郎は曖昧に頷いた。

脳裏に熊吉の顔が浮かんだ。姿を現さない熊吉の気持ちがわからなくもない。まして、惚れている女に強く言われたら、萎縮《いしゅく》してしまう気がした。

「勝栄さんは熊吉さんのことをどう思っているのですか」

与四郎はきいた。

「どう思うって……」

「物足りないですか」

「真面目《まじめ》過ぎるのは考えもんだよ。重たく感じるしね」

勝栄はため息混じりに言う。

「でも、熊吉さんがやって来たのは、婆さんにそそのかされたわけじゃないかもしれませんよ」

「いや、そうに違いないよ」

勝栄は決めつけた後、

「ごめんなさいね。こんな愚痴を言うつもりじゃなかったんだけど」

と、はっとしたように顔を変えた。

それから、小さく咳払《せきばら》いをして、

「今日は匂い袋を持ってきてくれたんだったね」

「ええ。いつもお買い上げくださっているこちらを」

与四郎は匂い袋を差し出した。

勝栄は匂い袋を手に取り、鼻の近くにもっていき、

「そうそう、これよ。やはり好《よ》い香りね」

と、目を細めて言った。

「他に何かご入用なものは？」

「いえ、これだけで結構よ。値段は変わっていない？」

「はい、同じにございます」

「じゃあ、これで」

勝栄は支払いを済ませてから、

「今度は太助にでも来させてくださいな」

と、言い残して去っていった。

与四郎は頭を下げ、再び売り歩き始めた。すぐ近くで声がかかった。与四郎は新たな客のほうに喜んで向かった。

二

それから、数刻後。深川の空は薄い浅黄色《あさぎ》に暮れかかっていた。

大川《おおかわ》の流れは緩やかで、一艘《そう》の屋根船が静かに下って来た。屋根船には、派手な羽織を着た恰幅《かっぷく》の良い四十代半ばくらいの男が両脇《りょうわき》に芸者たちを侍らせていた。取り巻きのような太鼓持ち風の男がおだてている。

永代橋を渡りながら、与四郎はその様子を横目で見ていた。

与四郎の傍《そば》を通り過ぎる職人風の中年男が、

「あの野郎、調子に乗りやがって」

と、舌打ちをしていた。

「知り合いですか」

与四郎は思わずきいた。

「いや、知らねえよ。ただああいう奴が本当に腹立つんだ」

職人はくだを巻いてから、足を進めた。

与四郎は永代橋を渡り終えると、『佐賀町』を通り抜け、小名木川《おなぎがわ》の方へ向かった。しばらく進み、元加賀町の蕎麦《そば》屋、『藪蕎麦《やぶそば》』の角を曲がった。

小名木川に至る一帯は藪の内と呼ばれ、有名な蕎麦屋の『藪蕎麦』もある。藪蕎麦というのは、元々雑司《ぞうし》ヶ谷鬼子母神《やきしもじん》の藪の内にある『爺が蕎麦』が大いに流行《はや》り、俗に藪蕎麦と言われていたが、その盛名にあやかろうと深川の藪の内で開店したのが、この『藪蕎麦』である。

この蕎麦屋の裏にある長屋に住んでいるだけなのに、帯屋の熊吉には自慢の種であった。

すでに店には暖簾《のれん》が掛かっていなかったが、表の戸が開いていた。

そこから中に入ると、熊吉が正座をして帯を畳んでいる後ろ姿が見えた。

「すみませんね、もう終わりなんです」

熊吉が顔を上げる。

すぐに「あっ」と頭を下げた。

「与四郎さん。ご無沙汰《ぶさた》しております」

「いま忙しいですか」

与四郎はきいた。

「いや、そんなことありません」

「ちょっと、ききたいことがありまして」

「なんです？　まあ、上がってください」

あとを奉公人に頼み、熊吉は内庭に面した部屋に招じた。

「ちょうど、お得意さまが団子を持ってきてくれましてね」

熊吉が思いだしたように言う。

「そんな気を遣わなくても」

「どうせ独り者なので、一緒に食べましょう。すぐ持ってきますから」

与四郎が断るのをお構いなしに、熊吉は愛嬌《あいきょう》のある笑顔で奥へ行った。それから、団子を持ってきた。

熊吉は団子を分け与え、

「それで、ききたいことって？」

と、尋ねた。

「勝栄さんのことです」

与四郎が答えると、熊吉の顔が強張《こわば》った。商売の上では、どんなことがあっても顔に感情を表さない男であるが、商売から離れるとわかりやすくなる。

裏表がないので、付き合っていて悪い気はしなかったが、少々面倒くさい時もある。

「あの人が芳町にいるのは、当然知っていますね」

与四郎は確かめた。

「ええ」

熊吉が苦い顔で頷いた。

「『花見屋』の婆さんからきいたんですか」

与四郎は訊《たず》ねた。

「そうです」

熊吉は少し目を逸《そ》らしながら答える。

「実は私もなんです。婆さんに勝栄さんが心配だから見に行ってくれと言われまして」

与四郎は打ち明ける。

「えっ？　与四郎さんも？」

「ええ」

「そうですか」

熊吉は考え込む。

「もちろん、熊吉さんが同じことを頼まれていたなんて、知りませんでした」

「婆さんは私にしか話すことができないからと、やけに重々しく相談してきたんですが、そうでしたか……」

熊吉は肩を落として言う。

「熊吉さんにしか頼めず、それでもどうしようも出来ないから、私を頼ったのでしょうけど」

与四郎は繕うように言ってから、

「でも、婆さんはどうしてそんなに心配しているんです？」

と、熊吉に訊ねた。

「それはまあ……」

熊吉の歯切れが悪い。

「勝栄さんが『花見屋』から金を盗んでいたと疑われていたそうじゃないですか」

与四郎は今度は単刀直入に言った。

熊吉は黙って頷いた。

「実際、何があったんですか」

与四郎はさらにきいた。

「なんでも勝駒姐さんの手文庫から三十両がなくなったそうですよ」

「三十両が……」

与四郎は驚いて、

「泥棒に入られたのではなくて？」

と、きいた。

「それが入った形跡がないようなんです。ちゃんと、岡《おか》っ引《ぴ》きにも見てもらったようなんですけど」

聞いている者はいないのに、熊吉は声を忍ばせた。

「だから、勝栄さんのせいに……」

与四郎は顔をしかめた。

「勝駒姐さんや亭主が嘘《うそ》をついても意味がありませんからね」

熊吉は渋い表情で言う。

「勝栄さんが盗むっていうのも、根拠のない話じゃありませんか。それを言うなら……」

あの婆さんの方が盗みそうだと言いそうになり、与四郎は口を噤《つぐ》んだ。

「それを言うなら？」

熊吉は与四郎の考えを察しているのかわからないが、低い声で顔を覗き込むように見た。

「いえ、なんでもありません」

与四郎はあわてて言ってから、

「でも、熊吉さんはどうして勝栄さんが盗んだと思ってしまったんですか」

と、きいた。

「あの人が盗むなんてことはないと思いたい気持ちもあるんですけど、婆さんがあまりに熱心に言うものですから。それに、ちょっと前に勝栄さんに悪い男がついていて、金のことで揉めているということを耳にしたことがありまして」

熊吉は言い訳がましく言う。

「勝栄さんの性格を知っているでしょう」

与四郎はつい口調が強くなった。

「どうしても、やむにやまれぬ訳があったのかもしれませんし」

「そんな訳があるなんて信じられません」

「でも、わからないじゃありませんか。あの人は昔のことは頑《かたく》なに口を閉ざすんです。何か言えないことがあるからなんでしょう」

熊吉はやりきれないように言い返す。

「そりゃあ、誰だって触れられたくないことはありますよ。それと、金を盗むのは話が違いませんか」

与四郎はむきになった。

「そうですけど、もう十何年もの付き合いがあるのに、何も話してくれないのは、ちょっと水臭いんじゃありませんか」

熊吉は愚痴っぽくなった。

「それが勝栄さんの優しさなんでしょう」

「優しさ？」

熊吉が眉間《みけん》に皺《しわ》を寄せて、きき返した。

「変に気を遣わせないようにしたんですよ」

「そんな気を遣う必要ないのに」

熊吉は怒ったように言う。

「熊吉さんは勝栄さんに惚れているんですよね？」

与四郎は率直にきいた。

「え、いや……」

熊吉は目を見開いて口ごもった。

「もし、勝栄さんがこれこれこういう事情で困っているなんて言ったら、熊吉さんのことだから、無理をしてでも助けようとするでしょう」

与四郎はずばっと言った。

熊吉はバツの悪そうな顔をして、眉間を親指と人差し指で摘《つま》むような仕草をした。

言い当てられると、いつもこの癖が出る。

「勝栄さんに、『その金は俺が出すから、一緒にならないか』って言ったそうですね」

与四郎は顔を覗き込んだ。

「そこまで……」

熊吉はうつむき加減に小さな声で言った。

さすがに言い過ぎたかと思って、次の言葉を噤んだ。

すると、熊吉が上目遣いで、

「そのことで、勝栄がまだ怒っていましたか」

と、心配そうにきいてきた。

「熊吉さんに疑われたことが嫌だったんだと思いますよ」

「そんなつもりで言ったんじゃないんですよ」

「でも、ああいう言い方をすれば、誰だって疑われていると思いますよ」

与四郎は諭した。

「そうですか」

熊吉は再び目を伏せた。土間の一点を見つめ、重たい表情で考えているようであった。

「まさか、勝栄さんに惚れているとは思いませんでしたよ」

与四郎は微笑《ほほえ》んで言った。

「誰にも言っていませんでしたからね」

「熊吉さんは正直な気持ちを隠し通すことも出来るんですね」

与四郎は冗談めかす。

「そりゃあ、私だって」

熊吉は苦笑いする。ふとした朧《おぼろ》げな目元に、気持ちを隠していたのには、もっと他に理由があるのではないかと感じた。しかし、そのことをきくにきけなかった。

「あの女以外には興味が湧《わ》かない」

熊吉は遠い目をして言った。

「よっぽどですね」

与四郎は驚いて言い返す。

「与四郎さんだって、お内儀《かみ》さんの他に目がないでしょう」

自分はうまくいっているが、熊吉はおそらく脈がないのにずっと想い続けている。

それとこれとは話が別物だ。しかし、そのことも言えなかった。

ただ、曖昧に首を動かしてから、

「いつから惚れていたんです」

と、訊ねた。

「もう十年近くになります」

「そんな前から？」

与四郎はあっけにとられた。

「だから四十近くになった今でも独りなんです」

熊吉は自嘲《じちょう》ぎみに言う。

「諦《あきら》めきれないんですか」

「努力はしてみました。勝栄に子どもがいるってわかった時も、その子どもなら育ててもいいと思った」

熊吉はぼそっと言った。

「ちょっと待ってください」

与四郎は止めた。

「はい？」

「勝栄さんに子どもがいるのですか」

与四郎は驚きつつきいた。

「ええ……」

熊吉はしまったというような顔をして、

「与四郎さんも知らなかったのですか。あれだけ親しいので、てっきり知っているかと……」

と、呟《つぶや》くように言う。

「いえ、初めて聞きました。男の子ですか」

「そのようです」

「年は？」

「確か今年十四歳だったような」

「もうそんなに大きな子が……」

与四郎は驚いてから、ふと踏みとどまって考え、

「本当に子どもがいるのでしょうかね」

と、冷静な声できいた。

「わざわざ嘘をつく必要がないと思いますが」

熊吉は言い返す。

「熊吉さんを諦めさせるための嘘ということは？」

「諦めさせるための嘘……」

熊吉は思いつめるような顔で繰り返した。

「いつくらいにそのことを聞いたんです？」

「かれこれ、二年くらい前ですかねえ」

熊吉は語尾を伸ばして言ってから、少しの間、真剣な眼差《まなざ》しで虚空を見つめていた。

やがて、首を横に振った。

「やはり、それはないと思います。勝栄がそんなやり方をするとは思えないですし、相手の男のことや馴《な》れ初《そ》めまで話してくれました」

熊吉はまだ考えるようにして言った。

「相手の男っていうのは？」

「名前までは言っていませんでしたが、入船町で店を開いていた男らしいです」

「客ですかね？」

「ええ。初めは客としてやって来たようですが、一目惚れだったそうです」

「あの勝栄さんが一目惚れ？」

与四郎は思わずきき返した。

「驚くでしょう」

熊吉は苦笑いで返す。

「余程、好い男だったんですね」

「見かけは役者張《ばり》だと言っていました。その上、優しかったそうなんですが、あまり商売の才に長《た》けていない上に、金遣いも荒く、次第に店が傾いていったそうなんです。男は勝栄にも借金をさせて、店を建て直そうとしたようです。結局はどうにもならず、とうとう勝栄を置いて夜逃げをしたそうで」

熊吉の口調が徐々に厳しくなる。

「子どもが十四歳ってことは、そのくらい前ってことですよね」

与四郎は確かめた。

「ええ」

熊吉は頷く。

「それで、入船町で夜逃げ……」

与四郎は腕を組んだ。

「どうしたんです？」

熊吉が不思議そうにきく。

「いえ、ちょっと気になったことがあって」

「相手の男のことですか」

「ええ」

「もしかして、心当たりが？」

熊吉が身を乗り出す。

「愛甲屋三九郎という男かもしれません」

与四郎は考えながら答えた。

こんな数日の間にも、愛甲屋の名前を何度も耳にするのは偶然だろうか。

「他に勝栄さんは男のことで、何か言っていませんでしたか」

与四郎はきいた。

「それくらいしかわかりません」

熊吉は答えた。

「そうですか」

与四郎は頷いてから、

「とにかく、まだ勝栄さんのことを想っているのなら、誤解は解いた方がいいですよ」

と、助言した。

「だが、余計に嫌われるでしょう」

熊吉は落ち込んだ様子で答える。

「そんなことはありませんよ。もし、本当に嫌っているなら、お前さんの名前すら出さないはずです。近いうちに、何かの用事にかこつけて訪ねてみてください」

与四郎は助言した。

「わかりました」

「では、私は」

「あっ、話に夢中で団子が。どうぞ、食べていってください」

「いただきます」

与四郎は団子を頰張《ほおば》ってから熊吉の店を出た。

すでに陽《ひ》が沈んでいた。

『足柄屋』に向かって急ぎ足になった。


その日の夜四つ（午後十時）近くであった。

与四郎は居間で小里と茶を飲みながら、勝栄の話をしていた。婆さんが勝栄を疑っ

ていることに及んだ時に、

「私は勝栄さんがそんなことをする人だとは思えません。仮に何かお金に困る事情があったとしても、あの人は決して盗んだりはしませんよ」

と、はっきり言った。

「私もそう思うんだ。あの婆さんは自分でも言っていたが、年を取って心配性になってきたそうだ」

「心配性？　それだけではないと思いますけど……」

小里が首を傾げる。

「それだけではないっていうと？」

与四郎はきき返した。

「近ごろ、あの婆さん少しおかしいですよ」

小里がはっきりと言う。

「おかしい？」

「つい先日も道端でばったり会ったときに、私に向かって、『いい儲《もう》け話があるんですが、もっと稼いでみたいと思わないですか？』なんて聞いてくるのよ」

小里は形のよい眉《まゆ》をひそめた。

「お前が店の売り上げが悪いとか言ったんじゃないのか」

「わざわざ、そんなことを言いやしないですよ。会った途端にそんなことを言ってくるんです。それもかなり前のめりで」

小里は思いだしたように首をすくめた。

「不気味だな。でも、あの婆さんなりに何かあってそんなことを言ったんだろう」

与四郎は婆さんの肩を持った。

「そうかもしれませんけど、やっぱり変な気がします。そう思っているのは、私だけではないはずですよ。この前、勝駒姐さんもそんなことを言っていました」

「勝駒姐さんが？」

「ええ、変なことを言うことがあるから、相手にしないでくれって」

「そういや、勝駒姐さんは確かにそんな感じだったな」

与四郎は勝駒の態度を思いだして言う。

「金を盗んだのは、勝栄さんじゃない気がします」

「婆さんだって言うのかい」

「そこまでは言っていませんが……」

小里の目は婆さんを疑っていた。

「だが、あの婆さんだって金を遣うところがあるわけでもないだろう」

与四郎は考えながら言った。

「それに、今日の昼過ぎに、店の裏で太助があの婆さんと何やら真面目な顔で話し合っていたんです。あの子にも変なことを言っていないといいけど」

「近頃、お前はやたら太助を疑っているようだな」

与四郎は咎《とが》めるように言う。

「いえ、そういうわけではないわ。でも、付き合う人たちを選ばないといけないと言っているんです」

「たしかに、近頃あの婆さんは何を考えているのかわからないところがある。だからといって、付き合うなとは言えないだろう」

「あの子が自分で判断できれば問題ないんですけど、お人好しで、まだまだ世間知らずなので心配しているんです」

小里は真剣な目で訴える。

「太助と婆さんは何の話をしていたんだ」

「わかりません」

その時、二階で大きな物音がした。

「大丈夫ですかね。前にも、夜中にあの女に会うために、こっそり抜け出すのに、手すりを思わず壊してしまったことがあったじゃありませんか」

小里が天井を見上げた。

「ちょっと、様子を見て来る」

与四郎は居間を出て、階段を見上げた。

すると、もう一度大きな物音が聞こえた。

「おい、何かあったのか」

声を上げる。

「いえ、何でもありません」

焦ったような声が返ってくる。

少し心配になり、与四郎は階段を上がった。太助の部屋の襖《ふすま》を開ける。太助は押入れの上段に片足を乗せて今にも上りそうであった。

「何しているんだ」

与四郎はきいた。

「あっ、旦那《だんな》」

太助は下りて、額の汗を手の甲で拭《ぬぐ》い、

「いえ、その、大きな虫が這《は》っていたので殺そうとしていたんです」

と、慌てたように答えた。

「大きな虫？　素手で殺そうとしたのか」

「ええ、何にもなかったですから」

「いかに虫といえども、殺生はするんじゃないよ。そっと窓から逃がしておやり」

与四郎はどこか釈然としないながらも、そう言って部屋を出て行った。

居間に戻ると、

「どうでした？」

小里がきいてきた。

「虫を殺そうとしていたとか」

「虫を？」

「何か隠そうとしているのかもしれない」

そう答えると、小里が立ち上がった。

「何するつもりだ」

「ちょっと、話をして来ようと」

「そっとしてやれ。別に何かしたわけじゃない」

「でも……」

「婆さんのことなら、私が何とかするから」

「何とかって？」

「明日にでも話し合ってみる」

「私はあの子を直接問い詰めた方が早いと思うんですけど……」

小里はどこか解せないようであった。

「太助は案外繊細だ。あまり強く言うと、余計に口を閉ざしてしまう。そういう年頃でもあるぞ」

「でも、太助のことを考えたら、無理やりにでも聞き出した方がいいと思うんですけど」

「いや」

与四郎は首を横に振る。

「もう少し様子をみよう」

二階から物音がしなくなった。与四郎は安心して寝間に行った。

三

太助は『足柄屋』の二階から抜け出して、近所の稲荷《いなり》にやってきた。

本殿の脇に立つ。寒さが身に堪《こた》え、手を揉《も》みながら、肩をすくめていた。

四半刻《しはんとき》（約三十分）ほどして、提灯《ちょうちん》の灯《あか》りが見え、すらりと背の高い女が現れた。

「お華さん」

太助の背中が伸びる。

喧嘩《けんか》の後、初めて会うので気まずさがあった。しかし、お華の方には、そんな様子はないのか、笑顔を向けてきた。

「すまないね。待ったかい」

「いや、大したことねえ。それより、なんでこんな夜に？」

「父のことで……」

太助は不審そうにきく。

「でも、大丈夫だって」

「日本橋の父じゃないの。実の父よ」

お華は言った。

日本橋馬喰町の呉服屋の次女だが、養女である。実の母親はお華を捨てて出て行ってしまった。父親は江戸詰めの武士だと聞いている。実の父親とは月に一度会っているようであった。

どこの藩なのかは言っていなかった。しかし、お華の口ぶりからわかっているようであったが、太助もあえて聞かなかった。

「どうして、実の父親が？」

太助はきいた。

「わからないけど、この間、お前さんのことを少し話したら、会っちゃいけないと言われて……」

お華は少し肩を落とすように言った。

「やっぱり、皆、俺たちのことを認めてくれねえんだ」

太助は不貞腐《ふてくさ》れたように言う。

一番の原因は年が離れていることである。太助が十四歳に対し、お華は十九歳。五歳差といっても、太助がまだ若すぎるから、お華に騙《だま》されていると見る者たちがほとんどだ。そして、お華に騙されていると見られる理由は、もうひとつある。

お華の評判が芳しくないからだ。繁盛している商家の娘でありながら、奔放な性格で、家で大人しくしていることはない。町の厄介者たちとも親しくしていて、親はあんなに立派なのに、娘がよろしくないと受け取られている。

「仕方ないことだけど……」

太助は呟きながら、ふと固まった。

お華を改めて見て、

「でも、どういうことだ。実の父親が俺と会っちゃならないっていうのは？」

太助は不思議そうにきいた。

「わからないの」

「父親はどんなひとなの？」

「浪人よ」

お華は答える。

「浪人？」

「ええ、昔はれっきとしたお侍さんだったそうだけど」

「そうなんだ。どこのお侍さん？」

太助は興味を持ってきいた。

「真田信濃守さまのところだと言っていたわ」

「真田さま……」

太助は呟いた。

ふと、数日前の夜中のことを思い出した。真田家の酔っぱらった横瀬左馬之助という侍がやってきた。太助は廊下の奥で聞き耳を立てていたが、お前のところの小僧という声が聞こえてきた。

「もしかして、横瀬左馬之助……」

太助は凍るような声で言った。

「なんで知っているの？」

お華は目を丸くした。

「本当に横瀬さまなのか」

太助も驚いてきき返した。

「そうよ。それより、なんで知っているの？」

「数日前に訪ねてきたんだ」

「え？」

「だいぶ酔っぱらっているようようだった。うちの旦那のことを愛甲屋という人と間違えていたんだ。それで、愛甲屋だという証《あかし》がこの店で働いている小僧だとか何だとか訳の分からないことを言っていたんだ」

太助は説明してから、言葉遣いを選ぶべきだったと後悔した。

しかし、お華は気にしない様子で、

「じゃあ、父が言っていたのは何か関係があるのかもしれないのね」

と、深く考えていた。

「何か関係あるって？」

太助がきく。

「お前さんに会ってはいけないっていうのが、ただの親の心配だけでないんじゃないかってこと」

「……」

太助がお華の言っていることを理解できないでいると、さらに続けた。

「父は酒癖が悪いみたいで、よく酔うと他人様《ひとさま》に迷惑をかけてしまうようだけど、そんな訳のわからないことを言うことはないの。お前さんのところの旦那を愛甲屋と間違えたのも、お前さんのことを愛甲屋と関《かか》わりがあると思い込んでいるのかもしれない」

「俺は愛甲屋なんて知らない」

太助は憤然と言う。

「だから、父の勘違いなのよ」

「でも、どうして勘違いなんかするんだ。俺のことを知っているわけでもない。お華さん、俺のことを何て言ったんだ」

太助は問いつめるようにきいた。

「『足柄屋』で働いているってことと、生まれが足柄上郡《あしがらかみ》の藤沢《ふじさわ》村というところで、おっ母さんが元々本所にある料理茶屋で働いていたってことくらいだよ」

「それだけで……」

太助は呟いた。

しばらく沈黙が続いた。

「あのね」

お華が切り出す。

「なんだ」

太助の頭には未だに横瀬のことが残っていながらきいた。

「この間はきついことを言ってしまってごめんなさいね。ちょっと、私も嫌なことが続いたもんだから、ついかっとなってしまって」

「いや、俺の方こそすまなかった」

太助は少し頭を下げてから、

「嫌なことって何だったたんだ」

と、きいた。

「うちの店で一番親しくしているお前さんと同じ年くらいの女中がいるんだけど、その女中が店の金を盗んだっていうことで店を辞めさせられたの。でも、盗んでいないって言い張っているし、私もそんなことをする人間だとは思えないの。ただ、女中頭に嫌な奴がいて、そいつがその女中が盗んだに違いないって決めつけちゃって」

お華は険しい表情で語った。

「そいつは酷えや。お華さんが言うなら、その女中は盗んでいないに決まってる」

太助は言い切った。

「あそこの店で私の味方になってくれるのは、その女中だけだったの。あとは私のことを邪険に扱うだけだし……」

お華は肩を落として言った。

どうやら、長女は実の娘だからなのか、奉公人たちにも気に入られているらしいが、お華は昔から嫌な思いをしてきたそうだ。それもこれもすべて自分が実の娘ではないからだと思い込んでいるようだ。

だから、お華は家にはあまり帰らずに、悪い仲間たちとつるんでいる。

しかし、太助はお華の心根が優しいことを知っていて、器量や年齢のことは関係なく、お華に惚れていた。そして、お華も同じ想いでいるのだと感じている。

「で、お華さんはその女中を助けたいのかい」

太助はきいた。

「助けたいことには変わりないけど、どうしていいのかわからないの。だって、今さらうちの店に戻ったって嫌な思いをするだけだし……」

お華は困ったように答える。

「今はどこで何をしているんだ」

「まったくわからないの」

「じゃあ、まずはその女中を捜すところから始めねえといけないんだな」

「そうなの」

「よし、俺が手伝ってやる」

太助は胸を張って言った。

「やっぱり、お前さんは男だねえ」

お華がほっこりした笑顔で言った。太助はたまらなく嬉しかったが、素直に喜びを表すことが出来ずに、

「何か手がかりはあるか」

と、気負った。

「特にないのだけど、津軽《つがる》の出身なの。もしかしたら、同じ津軽出身の人のところに身を寄せているのかもしれない。ひとり、日本橋で芸者をやっている同郷の幼馴染《おさななじ》みがいるっていっていたから」

「さすがに、芸者屋には身を寄せられないと思うけど。でも、何か頼み事をしに行っているかもしれないな」

「そうね。ただ、芸者屋の名前もわからないの」

「うーむ。一軒ずつ当たっていくしかないか」

気の遠くなるようなことだが、お華の為《ため》だと思うと苦でもなかった。

「俺に任せておけ」

太助は根拠のない自信で言った。

お華の目が輝いていた。

強い夜風が吹き付けたが、太助は寒さを感じなかった。お華は風を避ける為といいながら、太助に体をくっつけた。

他愛のない話が続いた。


翌日の朝、太助は重たい瞼《まぶた》を何とか開けながら、一階に下りた。廊下で与四郎と出くわして、頭を下げた。

「昨日は眠れなかったのか」

心なしか、与四郎の声が低く、何か探るような声色に聞こえた。

「ちょっと、本を読み耽《ふけ》ってしまいまして」

太助は気まずそうに答える。

「ちゃんと翌日のことも考えないと駄目じゃないか。眠気が残っていたら、お客さまは不快に感じる。そういう小さな心がけが大切なんだ」

与四郎が軽く説教をした。

「はい」

太助はただ頷く他なかった。

「それはそうと、今日はお前さんが売りに出るか」

与四郎が言った。

「え？　私が？」

「そうだ。前からずっとやりたがっていただろう」

「そうですが、よろしいんですか」

「ああ。構わない。やりたいか」

「もちろんです」

太助は急に眠気が吹き飛んだように、はきはきと答えた。

もし店の外に出られれば、昨日お華と約束したことが早く進むかもしれない。

「旦那はいつもどのあたりを回っているのですか」

「色々だ。日によって違うが、下谷の方を回ることもあれば、芝《しば》へ行くこともある。どこへ行くかはお前さんに任せるが、芳町へは行ってもらいたい」

与四郎は淡々と言った。

「芳町？」

太助はきき返す。

「勝栄さんが『菊暦』という芸者屋にいる。お前のことも心配していたから、ちょっと顔だけでも見せてやれ」

与四郎が柔らかい口調で言った。

「へい」

太助は意気込んで、商品を背負って店を出た。


それから半刻後、太助は芳町の『菊暦』までやってきた。道中、一度も売り声をかけていなかったから、誰も呼び止める客はいなかった。ただ、早く勝栄に会いたいと思いながら、芳町までやってきた。

店の裏手で、「小間物屋でございい、佐賀町の『足柄屋』でございい」と立ち止まって大きな声を出した。

すると、二階の窓が開いた。

勝栄が顔を出して、にこやかな笑顔を見せた。

「おや、太助じゃないかえ」

「どうもお久しぶりです」

「今日はお前さんが売り歩いているのかい」

「旦那が行っておいでと言ってくれました」

「そうかい。久々に会いたかったよ、ちょっと待っていておくれ」

勝栄が引っ込むと、少しして、店の裏口から勝栄が小走りに出てきた。

「もう半年ぶりくらいかね」

勝栄が思い出すように言う。

「そうですね」

「元気そうでよかったよ」

「ありがとうございます。私も勝栄さんのこと心配していたんです」

「そうなのかえ」

「勝栄さんは私が最初に接したお客さまですから」

「そうだったのかい」

「ええ」

太助は思い切り頷く。

「足柄屋さんの話だと、あたしのことを他人だと思えないんだって？」

冗談めかして言った。

「え、それは……」

恥ずかしそうにもじもじしながら、

「旦那がそこまで話しちまったんですか」

と、苦笑いする。

「別にいいじゃないか。あたしも子どもを産んでいたら、きっとお前さんくらいの年頃だろう」

「え？　そんなことありませんよ」

「だって、今年三十八歳だよ。二十過ぎで産んだらそうなるだろう」

「まあ、確かにそうですけど。でも、勝栄さんがそのくらいの年でも、子どもがいるなんてことは思えないですよ」

「それは、あたしが頼りないと言いたいのかい」

「いえ、そんな……」

「冗談だよ」

急に笑顔になった。

「まったく、止《や》めてくださいよ。本当に嫌われたんじゃないかってびっくりしますから」

「足柄屋さんも、お前さんもそういうところは同じだね」

「旦那もそうですか」

「ああ、そっくりだよ」

「でも、私なんか旦那の足元にも及びませんよ」

「そりゃあ、まだ商売の歴が違うもの」

「いえ、商売だけでなくて……」

「商売だけでないとなると、他に何が？」

「人として、立派です」

「お前さんだって頑張っているじゃないか」

「いえ、私はすぐに金になる話に乗っちまう」

「金になる話？」

「ええ」

「それは何なんだい」

勝栄が急にきつい目つきできいた。

「いえ、大したことじゃないんですが……」

太助はあわてて否定する。

「金になるなんて穏やかじゃないね」

「駄賃程度ですから」

「いいから言っておくれ」

「……」

「何かやましいことなのかい」

「とんでもない」

「じゃあ、何なのさ」

「ただ、旦那に内証なもので」

「わかった。言わないでおいてやるからお言いな」

「他人の使いっぱしりですよ。言伝てをして、駄賃をもらったんです」

「誰から頼まれたんだね」

「それは……」

太助は言いよどんだ。

「口止めされているんだね」

「ええ」

「じゃあ、誰に言伝てをしたんだえ」

勝栄の口調が強くなる。

「それも……」

太助は口ごもった。

「誰なんだい」

もう一度、しっかりと目を見てきいた。

「……」

太助は口を半開きにしたまま、言葉が出てこなかった。

「もしかして、お前に言伝てを頼んだのは『花見屋』の婆さんじゃないのかい」

「えっ」

太助は目を丸くした。

「図星のようだね」

「いや……」

「あの人の言うことは聞くんじゃないよ」

「どうして、婆さんだってわかったんですか」

それには答えず、

「誰に伝えたのだね」

「……」

「言いなさい」

勝栄は強い口調になった。

「熊吉さんです」

太助はびっくりして口にした。

「熊さんに？」

勝栄は驚いたように声を上げた。

「言伝ての内容は？」

「婆さんが会いたいと……」

「いいかい、もうあの婆さんの言うことを聞いちゃだめだよ。それに、足柄屋さんに内証でよけいなことをしちゃだめ。わかったね」

勝栄は激しく説いた。

太助は勝栄の剣幕に驚いたように身をすくめていた。

四

翌日の昼過ぎ、空は重たい雲に覆われ、いつにも増して寒かった。

勝栄は手鏡を見ながら、ため息をついていた。横目で窓際にたたずみ外を眺める妹分の菊千代《きくちよ》を見た。そして、自分の肌と比べた。

「姐さん、幸せが逃げるよ」

菊千代は生意気に言う。

「うるさいわね。あんたにはわからないわよ」

勝栄は邪険に言う。

「また肌の張りが違うとか、そんなくだらないこと言うんでしょ」

菊千代はからかうように言う。

「本当のことだから」

「大して変わりがないのに」

「馬鹿言うんじゃないよ」

勝栄が鼻で嗤って、いつもの小言を言おうとすると、

「姐さん、さっきから変な男の人がずっとうろうろしているんだけど」

菊千代が窓の外をみて言った。

「変な男？」

「ええ」

「どれ」

勝栄は手鏡を置き、窓に近寄った。

外を覗くと、大きな体の商人風の男がいた。

「あっ」

勝栄が声をあげる。

「知り合い？」

菊千代がきいてから、

「どこかで見たことのあるような顔だけど」

と、思い出したように言った。

「ちょっと行ってくる」

勝栄はそう言い残して、部屋を出た。一階に下り、裏口から外に出た。

男はまだそこにいた。

「熊さん」

勝栄はやや小さな声で声をかけた。

「あ、その……」

熊吉はまだ言葉に詰まっていた。

「なにうろうろしているのさ。怪しまれるじゃないか」

勝栄は呆れたように言う。

「いや、すまない」

熊吉は固い口調で頭を下げた。

「どうしたんだい？」

「いや。ちょっと野暮用でこの辺りに来たもので」

熊吉はしどろもどろになった。

「でも、ちょうどよかった。それより、ちょっとききたいことがあるんだけど」

勝栄は切り出した。

「なんだ」

熊吉の顔はまだこわばっていた。

「別にお前をいじめたいわけじゃないからね」

勝栄は予《あらかじ》め断ってから、

「太助が『花見屋』の婆さんの言伝てを持ってきたね」

と、顔を覗きこむようにきいた。

「ああ、婆さんにただ会うだけでいいからって」

「それで、どうしたんだ」

「明日行くことになっている」

「そこに行かないでおくれ」

勝栄は真顔で言う。

「どういうことで？」

熊吉が怪訝《けげん》そうにきいた。

「お前さんは人がいいから、婆さんからたかられるよ」

「たかられる？」

熊吉は笑いながら、

「そんなこと、断ればいいだけじゃないか」

と、気にならないように言う。

「お前さんにそれが出来るのかい？　いつだって、皆の言いなりじゃないかい」

勝栄はたしなめた。

「そんなことはない。ちゃんと、断る時には断る」

熊吉は憤然と言う。

「きっと、明日行けば婆さん以外にも誰かいるはずだよ。腰に刀を差したのとかがいて、無理やりに高いものを買わされるよ」

「まさか」

熊吉は苦笑した。

「嘘じゃないよ。今までも、そうされた人を知っているのさ」

「……」

「とにかく、行くんじゃないよ」

勝栄は念を押した。

「でも、あの太助が俺を騙そうとしているとは思えないけど」

「太助は婆さんにうまく使われているだけさ。お前さんと同じで」

「え？」

「どうせ、足柄屋さんからも聞いているんだろう」

「まあ……」

「あたしもお前さんにあんな言い方しちまったけど、少しは悪かったと思っているのさ」

「そうなのか？」

熊吉は真顔になった。

「お前さんに悪気がないことは知ってる」

「でも、俺も疑うような言い方をしてしまったから、本当にすまなかった」

頭を深々と下げた。

「またいつでも来ておくれよ」

「ありがとう」

「しつこいようだけど、婆さんには気をつけるんだよ」

「ああ」

熊吉は頷いた。

「言いたいことはそれだけさ。変な気遣いしないでいいから、芳町の方に来ることがあれば、寄って来なさいよ」

勝栄はそう言いつけると、店に戻っていった。

途中、振り返ると熊吉はその場に立ち尽くして、勝栄の方を見ていた。

「さ、早く商売に戻りな」

勝栄は手の甲で追い払うような動作をして、店の裏口に入った。

二階に戻ると、菊千代がにたついていた。

「姐さん、さっきのひと」

「うん?」

「外で話していたでしょう」

「ああ」

「あの人が姐さんの好きな男なんだね」

妹分はわかりきったように言った。

「なにを言うんだい。昔からの馴染みなだけだよ」

「十年以上も好いてくれていたんでしょう？」

「向こうが一方的に惚れているだけさ」

「ふふふ……」

「何が可笑《おか》しいんだい」

「姐さんが珍しくむきになるんですもの」

「そりゃあ、違うことを言われたらそうなるだろう」

勝栄はあわてた。

「いえ、本当のことだからむきになっているんですよ」

知った風な口の利き方をする。

「嫌な子だね」

勝栄は口元を歪《ゆが》める。

「ありがとうございます」

「褒めちゃいないよ。生意気だって言うんだ」

「姐さん譲りですから」

「何があたし譲りさ。まだ半年しか経っていないのに」

「姐さんが唯一、慕える芸者なんですもの」

「おだてたって無駄だよ」

「そうじゃありません。本当にそう思っているんですよ」

菊千代は訴えるように言う。

「だとしたら、お前はまだ芳町しか知らないからさ」

「そうですけど、きっと芳町以外にも、姐さんより上の芸者はいませんよ」

「しつこい子だね。どうしたんだい」

「……」

「何か悩みでもあるのかえ」

「悩みっていうわけでもありませんけど」

「さては好きな男でも出来たのかい」

「……」

「誰だね」

「いえ……」

「もしかして、さっきの熊吉かい」

「まさか。あの人は姐さんの好い人ですから」

「だから、違うって言っているじゃないか。どの客だい」

「客じゃございませんよ」

「じゃあ誰なのさ」

「足柄屋さん……」

「ああ、そうかい。でも、あの人には小里さんっていうしっかりとしたお内儀さんがいるよ」

「そうなんですか……」

肩を落とした。

「足柄屋さんは確かに人柄もいいし、顔もいいけど、真面目過ぎて、お前さん好みの男じゃないだろう。他にもいるさ」

勝栄は言う。

「まあ、そうですよね」

小さな声で答えた。

五

十二月十三日、この日は煤払《すすはら》いで、正月を迎える準備として家中の大掃除をする。

街中ではこの日までは大掃除のための笹売《ささう》りが目立つが、翌日からは笹の需要がなくなることから、正月商品を売ることに回る。

『足柄屋』もこの日を境に、正月小間物などと銘打って、新年に備えたものをまとめて売ることをしている。

『足柄屋』は人手が三人しかないから、手分けして急いで掃除をする。

与四郎はまず初めに神棚へ向かい、踏み台に乗って笹で掃いていると、奥の方に見かけたことのない紫色の厚みのある袱紗《ふくさ》が置いてあった。

思わず手を伸ばし、取ってみるとずしりと重みがある。

開いてみると、そこには十両の金があった。

与四郎はひとまず神棚の掃除を終わらせてから、小里のいる台所へ向かった。小里は流しを綺麗《きれい》にしていた。

「ちょっと、いいか」

与四郎が声をかけると、小里は手を止めて振り返った。

さっきの袱紗を見せながら、

「この十両が神棚の奥に置いてあった。お前のものか」

「知りませんけど」

「知らない？　じゃあ、誰が……」

「お前さんが置いたまま忘れていたっていうことはないのですかえ」

「いや、そんなはずは……」

与四郎は首を傾げた。思い出そうとしたが、そんなことをした覚えはない。そもそも、袱紗に包んでいたとなれば、誰かに渡そうとしていたものなのだろう。取引先に渡すものだったとしても、払い忘れていたことはないし、この十両が何なのかはわからない。

「まさか、太助では？」

小里が唐突に言った。

「十両なんて金を持っているはずはないだろう」

「誰かから預かったとかで、それを私たちに伝え忘れていたっていうことは」

「あまり考えられないと思うがな」

与四郎はそう言いながら、台所を出て二階へ向かった。

部屋は襖が閉まっていた。

襖を開けると、押し入れに太助がいた。

「太助」

声をかけると、太助は驚いたように振り向き、頭を打った。

「大丈夫か」

「はい、まさか旦那さまがいるとは思わなくて」

太助は押し入れから出てきた。

「ちょっとききたいことがあるんだ。これなんだが」

与四郎は十両を包んだ袱紗を見せた。

「あっ」

太助が声を詰まらせた。

「お前のか」

与四郎はきく。

「いえ……」

太助が首を横に振った。だが、明らかに動揺している目だった。

「本当に知らないのか」

与四郎はもう一度確かめた。

「ええ」

太助は頷いてから、

「それをどうするつもりで？」

と、きいてきた。

「私も知らなけりゃ、小里も知らない。気味が悪いから手放したいが、金を粗末には出来ない。どこかへ奉納でもしてくるとするか」

与四郎はわざと言う。

「それなら、私が行って来ますよ」

太助がすぐにでも出かけるように言う。

「いや、そんなことしなくて結構だ」

「そうですか」

太助はまだ何か言いたそうに口を半開きにしていた。だが、うまい言葉が出て来ずに、困り顔をしている。

「誰から預かった金だ」

与四郎は改まった声で確かめた。

「えっ……」

太助の目が不審に動く。

「押し入れにも何か隠しているのか」

与四郎はさらにきいた。

「……」

太助は目を伏せたまま、何も答えなかった。

「何の金なんだ」

「……」

「まさか、お前が稼いだ金ではないだろうな」

与四郎はそう言いながら、『花見屋』の婆さんのことが思い浮かんだ。小里にいい儲け話があるからと誘っていた。そして、その後に太助と何か話をしていたという。

「何があるのかちゃんと言うんだ」

与四郎は多少強い口調で問い詰めた。

「……」

太助は何も答えない。

やがて、小里が部屋に入って来た。

「太助」

小里が叱《しか》りつけるように言う。

しばらく黙っていたが、その場の圧に耐えられなくなったかのように、

「『花見屋』の婆さんに……」

と、小さく呟いた。

「やっぱり」

小里は声を漏らした。

「『花見屋』の婆さんがこれを渡したのか」

与四郎は確かめる。

「そうです。しばらく預かってくれって」

「どうして、こんな大金をおまえに預けたのだ?」

与四郎は問いつめる。

「わかりません」

「わけをきかなかったのか」

「きいたけど、教えてくれませんでした」

『花見屋』の勝駒の手文庫から三十両がなくなっていたという話を思いだした。しかし、それは半年前のことだ。その残りの金だろうか。

「いつ預かった？」

「十日ほど前です」

「で、なぜ、神棚に置いたのだ？」

「隠す場所がなくて。神棚の奥なら見つからないだろうと思って」

太助は小さくなって言う。

「今日が煤払いの日だとわかっていたのに、なぜそのままにしておいた。神棚の掃除で、見つかってしまうとは思わなかったのか」

「隠したのを忘れてしまったんです」

「いつまで預かるつもりだったのだ？」

「わかりません」

太助は首を横に振る。

「ともかく、しばらくあの婆さんには近づかないようにしなさい。私が婆さんに話をつけるから。この金は預かっておく」

与四郎は強く言い放った。

「はい」

太助は悄然《しょうぜん》と頷いた。

階下に戻って、与四郎は複雑な顔をした。

「お前さん」

小里も表情を曇らせ、

「太助はあの婆さんにうまく使われ、他にも何かしているんじゃないかしら」

と、懸念を口にした。

「あの婆さんは愛想も良く、若者たちの面倒見もいいので、近所でも慕われていた。いい婆さんだと思っていたんだが……」

与四郎は裏切られた思いで呟く。

「ともかく、このお金を早く返したほうがよくてよ」

「そのことだが」

与四郎は十両を手にしながら、

「私が婆さんに直に返したほうがいいか、それとも千恵蔵親分に相談したほうがいいか、迷った」

この十両の出所が気になるのだ。もし、悪い金だったら……。

このまま返したら、真相はわからず仕舞いになるが、太助に影響は及ばない。千恵蔵親分に任せたら、真相を追及してくれるが、さらに深い闇が暴かれるかもしれない。そこに太助が関わっていないとも限らない。

与四郎は迷っていた。

第三章　母と子

一

屋根の上に雪が積もっていた。昨日の夜中に急に雪が降り始めたが、朝方には止《や》んだ。だが、相変わらず天気の崩れそうな空模様であった。

与四郎は今日も荷売《にないう》りを太助にさせて、店番をしていた。昼過ぎに、店先に千恵蔵が現れた。

「千恵蔵親分」

与四郎は思わず声を上げた。

「どうした、そんなびっくりしたような顔をして」

「へえ。すみません。じつは親分のところにお伺いしようか迷っていたところだったのです」

与四郎はあわてて言い、

「どうぞ、お上がりください。小里は今得意先まで品物を届けに行っていますが、じき帰ってきます」

「いや、こっちに来たついでに寄ってみただけで、ゆっくりもしていられねえんだ」

千恵蔵は言ってから、

「何か、俺《おれ》に用でも？」

と、きいた。

「へえ、じつはうちの神棚の奥に十両が隠してあったんです。置いたのは太助でした」

「太助が十両を？」

千恵蔵は不思議そうな顔をした。

「問いつめても最初はしらを切っていたんですが、やっと『花見屋』の婆《ばあ》さんから預かったと白状したんです」

「『花見屋』とは芸者屋だな」

「はい」

「あの婆さんか」

千恵蔵は呟《つぶや》く。

「以前に、小里にいい儲《もう》け話があるからと誘ったことがあるそうなんです。小里が断ったから太助に目をつけたんじゃないかと思って」

「儲け話か」

千恵蔵は顔をしかめた。

「この十両の出所が気になるんです。もし、質《たち》の悪い金だったら……。この十両、どうしたらいいかと思いまして」

「そうだな」

千恵蔵は少し考えてから、

「お前さんから婆さんに返したらどうだ。そのとき、どういうことで、太助に金を預けたか確かめるのだ」

「はい」

「俺が出しゃばっても、警戒してほんとうのことを言わないかもしれない。お前さんのほうがいいだろう」

「わかりました」

「お前さんは婆さんが言うところの儲け話が何か聞いて、俺に知らせてくれ。そのことについて調べてみる」

「わかりました」

「じゃあ、俺はもう行く」

「もう、小里が戻るころです」

与四郎は引き止めたが、

「また、来る。よろしく伝えてくれ」

そう言い、千恵蔵は引き上げた。

入れ違いに小里が帰ってきた。

「ご苦労さん、千恵蔵親分に会わなかったか」

「いえ、いらっしゃっていたんですか」

「こっちに用があったついでに寄っただけだそうだ。お前によろしくとのことだった」

「そうですか」

「で、太助のことを相談したら、私から婆さんに金を返すようにと」

「それがいいでしょうね。返すなら早いほうがいいでしょう」

小里が言う。

「そうだな。今から、行ってくる」

与四郎は十両を包んだ袱紗《ふくさ》を懐にして店を出た。

永代寺へ続く大通りも、雪がほんのり残っている。

『花見屋』の近くには、誰《だれ》が作ったのか、与四郎の膝丈《ひざたけ》ほどの小さな雪だるまが置かれていた。

与四郎は硬い顔をして、『花見屋』の格子戸を開けた。

「ごめんください」

土間に入る。

上り框《がまち》に勝駒の亭主がいた。羽織姿なのは、今外出先から帰って来たばかりのようだった。

「おや、足柄屋さん」

亭主はぼそぼそと呟くように言う。人柄は悪くないのだろうが、内気なようで、挨《あい》拶《さつ》以外にはほとんど言葉を交わしたことがない。

「婆さんはいますか」

与四郎はきいた。

「ちょっと、近所に遣いに」

「すぐ帰ってきますかね」

「だと思いますけど、どうかしたんですか」

普段は踏み込んできいてこない亭主が、珍しくきいてきた。

「ちょっと、婆さんに確かめたいことがありまして」

与四郎は答える。

「やはり、何かご迷惑を？」

亭主は眉根《まゆね》を寄せた。

「迷惑というより……」

与四郎は曖昧《あいまい》にしようとした。しかし、亭主は答えてくれというような真っすぐな目で見てくる。それに、やはりという言葉が気にかかった。

「うちの小僧のことで……」

そこまでで、一旦《いったん》は留めておいた。

「どうもすみませんでした」

亭主は深々と頭を下げた。

「どうされたのですか？　まだ、何も……」

与四郎が困っていると、

「いえ。近頃《ちかごろ》、方々から婆さんのことで苦情が来ているんです。大変お恥ずかしい話ですが」

　亭主は苦い顔で言った。

「苦情とは？」

　与四郎がきく。

「変な儲け話を勧められただとか、金を預けられただとか……」

　亭主はため息混じりに言う。

「うちの小僧も実はそうなんです」

　与四郎は大きく頷《うなず》いた。

　詳しい話をきこうと思ったとき、婆さんが帰って来た。

「あら、足柄屋さん」

　気軽に声をかけてくる。

　亭主が恐い顔で婆さんを見ると、婆さんは感づいたのか、急に青くなる。

　婆さんの唇が急に震えだした。

「まただよ、何やっているんだ」

　亭主が怒鳴りつけた。初めて見る姿であった。

「……」

婆さんは俯《うつむ》いた。

「おい」

亭主が苛立《いらだ》って言う。

婆さんは顔を上げ、一瞬亭主を見てから、与四郎に顔を向けた。

「あれは違うんです。訳がございまして」

婆さんが震える声で言う。

「訳？」

与四郎が首を傾《かし》げる。

「まあ、訳と言いましても、そんなお話しするようなことではありませんが」

婆さんははぐらかそうとしている。目を合わせない。

まだ状況を話していない。

互いの思っていることに誤解が生じるといけないと思い、

「昨日、大掃除をしていたら、十両が出てきたんです。私のものでも、女房のものでもありませんでした。太助を問い詰めてみると、婆さんから預かったというではありませんか。この金はどういうものなのか。なんで、太助に預けたのか。その訳をきかせてくれませんか」

与四郎は、懐から袱紗を取り出して迫った。

少し間があってから、

「その金は私の金じゃないんですよ」

と、婆さんが小さな声で答える。

「誰の金なんです」

「……」

婆さんは俯く。

「この話になると黙り込むんですよ」

亭主が呆《あき》れたように言う。

与四郎は横目で亭主の顔をちらりと見てから、婆さんをまじまじと見た。

いくら問い詰めても、すぐには答えてくれなそうだ。

「太助や小里に変なことをしないで頂きたい」

与四郎はぴしっと言った。

「申し訳ございません」

婆さんは深々と頭を下げる。

「ともかく、この十両はお返しします」

与四郎は袱紗包を婆さんの手に押しつけた。

「はあ」

婆さんは仕方なさそうに受け取った。

「では、お邪魔しました」

与四郎はそれだけ告げると、『花見屋』を出て行った。

店前の雪だるまの頭が傾きかけていた。

路地裏からは子どもの騒ぐ声がする。通りすがりに見てみると、雪を手に取って、投げ合っていた。

与四郎は滑らないように足元に気をつけながら、『足柄屋』へ戻った。


数刻後、『足柄屋』に『花見屋』の女主人、勝駒がやって来た。神妙な顔をして、手には風呂敷《ふろしき》包を持っている。

「姐《ねえ》さん、どうされたのですか」

小里がまず声をかけた。

「先ほどうちの亭主から与四郎さんが来たことを聞きました。随分とご迷惑をかけたようで、お詫《わ》びとご説明をさせて頂こうと思いまして」

勝駒が言う。

「いえ、そんなお詫びなど……」

与四郎が断るように言うが、

「本当に申し訳ございませんでした。婆さんだけでなく、私にも責任はございますので」と、勝駒は頭を下げる。

それから、勝駒は事の経緯《いきさつ》を話し始めた。

婆さんは勝駒に十両ほどの借金があるそうだ。婆さんの亭主が原因不明の病気になり、その医者代や薬代として必要だった。だが、それだけ金を払ったにも拘《かかわ》らず、亭主の具合は一向によくなることはなく、昨年の冬に亡くなってしまった。

勝駒はゆっくり返していってくれれば構わないと言ったが、婆さんはそれは申し訳ないと言い、内緒で副業を始めた。

「その副業というのが、錦鯉《にしきごい》の養殖の儲け話に乗っかるというものだったんです」

勝駒が言った。

「錦鯉の養殖？」

「はい。なんでも江戸で行われる品評会に出品する錦鯉を、越後《えちご》のほうで養殖をしているそうですが、その養殖の儲け話に乗れれば、十両が十五両になるというものなんです。また、その錦鯉が品評会で一等をとろうものなら儲けは五十両も夢ではないと」

勝駒が重たい声で言う。

「そんな巧《うま》い話が……」

与四郎は首を傾げた。

「騙《だま》されているんです。でも、本人は絶対に返してもらえると言って、さらにお金をつぎ込んでいるんです」

「でも、そもそも金がないのに、つぎ込む金はどうやって用意しているんですか」

「なので、巧い儲け話があると他人様《ひとさま》を誘ってお金を出させているんです」

「なるほど。そういうことでしたか」

与四郎は深く頷き、

「それで、太助に金を預けたというのは？」

と、さらにきいた。

「なんでも、鯉の養殖を手がけている人から、この金を預かってくれと言われていたみたいなんです。でも、婆さんが金を隠す場所なんてないですし、太助に預けたそうです」

「考えれば、小僧に十両の金を預けるなんて危ないってわかりそうなものなのに」

「もうそういうことも考えられなくなっているのでしょう」

「それだけ必死なんでしょうね」

与四郎もかつて自分の店を出すときに、金のことで苦労をしたので、婆さんの気持ちがわからなくもなかった。

「どうして、金を預かっているのかは聞かされていないので、わからないそうです。婆さんが隠しているだけかもしれませんが……」

勝駒が申し訳なさそうに言う。

「まあ、太助も断ればよかっただけの話ですので、太助も悪いです。私からしっかりと叱《しか》っておきますので」

「かえって、すみません」

「いえ。ところで、鯉の養殖をやっているっていうのは誰なんです？」

「石松屋《いしまつや》定九郎《さだくろう》という人だそうなんですが」

「石松屋定九郎……」

与四郎は繰り返した。聞き覚えがない。

「住まいは？」

「わからないそうです」

「わからない？」

「ええ。身元のわからない人に金を出すなんて」

勝駒は情けないと言わんばかりであった。

そんな話をしていると、客がやって来た。勝駒は気を利かせて、詫びの印という菓子折りを置いて、店を出て行った。

二

夕方になって、太助が帰って来た。昨日の落ち込んだ様子と違い、清々《すがすが》しい顔をしていた。

「今日はよく売れました」

太助は与四郎に売り上げの数字を伝える。

「よくやった」

与四郎は讃《たた》えた後、

「ちょっといいか」

と、重たい口調で言った。

「十両のことですか」

太助が恐る恐るきく。

「ああ。さっき婆さんから話を聞いて、勝駒姐さんも詫びに来た」

「そんな大事《おおごと》に……」

太助には予想外のようであった。

もう一度、頭を深く下げて謝った。

「今後、金を預けられたり、儲け話があっても、断るようにしないといけないよ。あの婆さんはお前から金を巻き上げようという考えはないが、世の中悪い人もたくさんいるからな」

与四郎は言い聞かせた。

「はい。肝に銘じます」

太助は済まなそうに頷く。

ここで釘《くぎ》を刺しておいたので、もうこれ以上変なことには関わらないだろう。与四郎は信じていた。

太助と話をしていると、小里がやって来た。

太助は小里に叱られると思ったのか、先に頭を下げた。与四郎も小里が小言を言うものと思っていた。しかし、小里は優しい表情で、

「お前が変なことをしていなくてよかったよ」

と、安心するように言った。

「変なこと?」

与四郎が思わずきき返した。

「婆さんと一緒になって、他人から金を騙し取るようなことがあれば、どうしようかと思っていたんです」

小里は与四郎に答えてから、太助に顔を向けた。

「少しでもお前さんのことを疑ってごめんなさいね」

小里は軽く頭を下げた。

「いえ、お内儀《かみ》さん。私がいけないんです。儲け話はさすがに私には元手がないので乗れませんでしたが、熊吉さんに婆さんの言伝てを……」

「そのことなら平気だ。熊吉さんはちゃんと断ったみたいだし、何よりそれがきっかけで勝栄さんと熊吉さんがちゃんと話し合えたそうだ」

与四郎は言った。

「え、そうなんですか」

太助が反省した表情のまま、どこか嬉《うれ》しさを滲《にじ》ませていた。

「熊吉さん以外には、婆さんの話をしていないんだろう？」

小里が太助にきいた。

「ございません」

太助は、はっきりと言った。

「そうか。なら、もう問題はない」

与四郎が言うと、

「でも、婆さんに金を預かってくれと言われたときには、小遣いだと言われて、一分を貰《もら》ったんです」

太助が白状する。

「その一分はどうしたんだい」

小里がきいた。

「なにかのときに使おうと、手を付けていません」

太助はしっかりと答えてから、

「婆さんに返して来ます」

と、言った。

「わざわざ、そこまでする必要はない」

与四郎は止めようとしたが、

「いえ、返しておくべきです」

小里は反対した。

「だが、一度受け取ったものだし、いくらまずかったとはいえ、婆さんの頼み事をきいてやったんだ。太助が損をするだけじゃないか」

与四郎は諭すように言った。

「そうじゃありません。婆さんは何のために預かったのかわからないんです。もしかしたら、悪い金かもしれません。太助が後々に面倒なことに巻き込まれないためにも、ちゃんと金を返して、もう一切この件については関わりがないことを示すべきです」

小里は力強く言った。

考えすぎだとも思ったが、小里の言う通りにしようと思った。

小里は奥に下がっていった。

「お華とはどうだ」

与四郎は改まった口調できいた。

「ええ、仲直りしましたが……」

太助は浮かない顔をする。

「なにか問題でもあるのか」

「ちょっと」

「なんだ」

「いえ、大したことじゃないんです」

「婆さんのときだってそう言っていたじゃないか。ちゃんと話してみなさい」

与四郎は目を吊《つ》り上げて言った。

「はい……」

太助は少し間を空けてから、

「お華さんは養女で、実の父親というのが、横瀬左馬之助さまだったんです」

と、重苦しく言った。

「え、横瀬さまだと」

与四郎は考えもしなかった。横瀬はあのときに酔っ払っていたが、愛甲屋について小僧にきけばわかると言っていた。その時には、太助が横瀬と繋がっているとは思いもしなかった。

だが、もしお華の父親だということであれば……。

「お前は愛甲屋を知っているか」

与四郎はきく。

「いえ、全く」

太助が首を横に振った。

「そうだよな。知っているはずがないよな」

与四郎は首を傾げながら答えた。

「でも、横瀬さまはたしかに愛甲屋という名前を出していましたね」

「ああ」

与四郎が頷き、

「そもそも、どうして横瀬さまがお華の父親だってわかったんだ」

と、尋ねた。

「お華さんが言っていたんです。横瀬さまはこの近くに住んでいるらしいんです」

「近くにだと？」

「詳しい場所まではわかりませんが」

太助が答える。

真田家を離れた今となっても、この辺りに住んでいるのか。

酔っぱらって『足柄屋』を訪ねてきたのも、あながちただの間違いではないのだろうか。


翌日の昼間。得意先に出かけた帰り、小名木川沿いを歩いていて、ふと前を行く男の背中を見て、おやっと思った。

千恵蔵に似ている。足早に近付き、やはり千恵蔵だとわかった。

きょうもこっちでやるべきことがあったようだ。

与四郎は背後から声をかけた。

「千恵蔵親分」

千恵蔵は足を止めて振り返った。

「お前さんか」

「親分はきょうもこちらにいらっしゃったんですね」

与四郎は不思議そうに言う。

「うむ。昨日、し忘れたことがあってな。それより、例の十両はどうした？」

「へえ。『花見屋』の婆さんに返しました」

「そうか、それでいい。で、なにかわけを言っていたか」

「婆さんは口を濁していたのですが、あとで『花見屋』の勝駒姐さんが教えてくれました。あの婆さん、錦鯉の養殖の儲け話にのめりこんでいるようです」

「錦鯉だと」

「ええ。江戸で行われる品評会に出品する錦鯉を、越後のほうで養殖をしているそうですが、その養殖の儲け話に乗れば、十両が十五両になるというものなんです。また、その錦鯉が品評会で一等をとろうものなら儲けは五十両も夢ではないという話で」

「そんなものは詐欺も同然だ」

千恵蔵は言い切った。

「昔は変化朝顔の栽培が儲かると言って金を集めていた奴《やつ》がいた。だが、それで金を儲けた者はだれもいなかった」

千恵蔵は口元を歪《ゆが》めた。

「それはいつごろのことで？」

「十五年ぐらい前だ。そういう輩《やから》はいつの世にも現れる。婆さんはすっかり信用してしまったのだろうが、悪い奴の片棒を担がせられるだけだ」

「そうですね。今度会ったらはっきり言っておきます」

「うむ」

「親分、どうぞお寄りくださいな。きょうは小里もおります」

与四郎は誘った。

「そうしたいのだが、今戸でしなきゃならないことが待っているんだ。今度、ゆっくり寄せてもらう」

千恵蔵はそう言い、本所のほうに向かった。

三

翌日の朝、与四郎は店番を小里と太助に任せ、商品を背負って、『足柄屋』を出た。

真っ先に、近所の自身番へ行った。

家主、店番、雇人、いずれもよく知っている面々である。

五十過ぎの家主に、

「横瀬左馬之助さまという浪人をご存知で？」

と、与四郎はきいた。

「知っています」

家主は頷いた。

「どちらにお住まいですか」

「深川熊井町《くまいちよう》の次郎兵衛店《じろべえだな》です」

「熊井町……」

真田家の下屋敷の近くである。

「元々、真田家の家臣ですよね」

与四郎は確かめた。

「ええ。なんでも、十五年ほど前に禄《ろく》を離れられたそうですよ」

「どういう訳で真田家を辞されたのかはご存じですか」

「さあ、仰《おつしや》っていませんでしたが……」

家主はそれがどうしたのだという表情で見てくる。

与四郎は咳払《せきばら》いをしてから、

「ちなみに、いまは何をされているのですか」

と、きいた。

「主に傘張りの内職や、刀剣の目利きだそうです。時折剣術を教えたりしていますが、持病のせいであまり働けないようです」

「持病？」

「手足の痺《しび》れだそうです。剣術の腕は確かなのですが、その為《ため》になかなか剣術を教えることが難しいと……」

「なるほど」

与四郎は頷きながら、持病のせいで真田家を辞したのかとも思った。しかし、酔っぱらっていたとはいえ、真田家の家臣だと言っていた。禄を離れても、本人は真田家の家臣のつもりでいるのだろうか。

自身番を後にして、与四郎は言われた通り、熊井町へ行った。

次郎兵衛店がある路地に入る。

長屋木戸には、横瀬という千社札が貼《は》ってあった。

井戸端には、寒そうに洗濯をしながら話し込んでいるおかみさんふたりがいた。

与四郎は自分のことを名乗ってから、横瀬の家を訊ねた。すると、木戸のとば口の家だと教えられた。

礼を言って、とば口の家の前に立った。

中から何か作業をしている小さな音が聞こえてきた。

「失礼します」

与四郎はゆっくりと腰高障子を開けた。

横瀬は四畳半の真ん中であぐらを組み、傘の張り替えをしていた。夢中で、与四郎が入ってきたことに気づかないようだ。

「横瀬さま」

与四郎は声をかけた。

やっと横瀬は顔をこっちに向けた。

与四郎は頭を下げた。

「お主は?」

横瀬は手を止めてきく。

「覚えてらっしゃらないですか」

「会ったことがあるか」

不思議そうにきく。

「はい。何日か前にございます」

「最近か……」

横瀬は首を傾げた。

「夜中に訪ねて来られました」

「夜中に？」

横瀬はこめかみに手をやった。

「『足柄屋』の主人、与四郎にございます」

「どこかで聞いたような名前だが……」

まだ、思いださないのか。それとも覚えていないのか。

「だいぶ、お呑《の》みだったようでした」

与四郎は苦笑して言う。

「うーむ」

横瀬は唸った。

「うちの小僧に太助という者がおります。太助がお華さんと懇意にさせて頂いておりまして」

そこまで言うと、横瀬ははっとした。

「思い出した。あの節はすまなかった。つい呑みすぎて迷惑をかけてしまった」

横瀬は姿勢を正して、頭を下げた。

「いえ、謝って欲しいのではございません。ちょっとお伺いしたいのです」

「何をだ」

「うちの太助が何やら愛甲屋三九郎のことを知っているとか仰っていましたが……」

与四郎は横瀬の顔を覗き込むように言った。

「うむ」

横瀬は頷き、

「お主は愛甲屋のことは知っておるのか」

と、きいてきた。酔っぱらって訪ねてきた時のことを何も覚えていないのだと思いながら、

「存じ上げませんが、太助が何か関わっているのであれば、知っておかなければならないと思いまして。ただ、太助は愛甲屋のことは知らないようで」

と、答えた。

「まあ、そうであろうな」

横瀬はあっさり頷いた。

「どういうことでしょう？」

与四郎はすかさずきいた。

「うむ……」

横瀬は思い詰めたような表情のまま、虚空を見つめた。

与四郎は促すことができなかった。

相手が話し出すまで待った。

横瀬は改まって与四郎を見て、

「太助というのは、藤沢村の生まれだな」

と、確かめてきた。

「ええ」

「母親が元々本所の料理茶屋で勤めていたという」

「そうです」

「本所の何という料理茶屋か知っているか」

「『紀《き》ノ善《ぜん》』というところです」

「やはり……」

横瀬は重たいため息をついた。

「私にはさっぱりわからないのですが、どういうことなのでしょうか」

与四郎はきいた。

「太助はどういうわけで『足柄屋』に奉公することになったのだ？」

「三年前、料理茶屋で働いていた母親が流行《はや》り病《やまい》で亡くなり、ひとりぼっちになった太助を、小里がうちで面倒を見てやりたいと。『足柄屋』も店を開いたばかりで、そのうちに若い者を雇おうとしていたのです、でも、太助は当時十一歳で、まだ子どもです。迷っていたんですが、小里が強く勧めるので雇うことにしました。すると、思いの外しっかりしていて……」

「なるほど」

「父親は?」

「父親のことは知らないそうです。母子ふたりで暮らしてきたのですから」

「そうか」

横瀬は厳しい表情になった。

「横瀬さまは、太助のことで何か御存じなのですか」

「ふた親のことだ」

「ふた親? では、太助の父親を知っているのですか」

「確かではないが、おそらくそうだろうと思っている」

「誰ですか」

「その前に、母親のことだが」

横瀬は途中までいいかけて、

「いや、やめておこう」

と、口にした。

「えっ、なんですか。気になるじゃありませんか」

「うむ」

横瀬は顔をしかめて、

「『紀ノ善』で働いていたというのは、太助の実の母親ではない」

と、言い切った。

「え？」

「実の母親の妹だ。育てられなくて、預けたのだ」

「どうして、横瀬さまがそのことを？」

「実の母親のことをよく知っている」

「誰なのです？」

「……」

横瀬は俯いた。

「父親は誰なのですか」

「太助は知らないのだろう？」

「ええ。父親のことは何も聞かされていないと言ってました」

「なら、そのほうがいい」

「横瀬さまは太助と愛甲屋のことを気にしていましたが、太助と愛甲屋とはどのような関係があるのですか」

与四郎はきいた。

横瀬は深くため息をつき、

「父親は愛甲屋三九郎なのだ」

と、答えた。

「太助の父親が愛甲屋ですって？」

思わず声が高くなった。

「話せば長くなる」

「横瀬さまはどうして知っているのですか」

「あいつの母親のことはよく知っているからだ」

横瀬は言いにくそうに答えた。

「母親は誰なのですか」

「お前には関係ない」

「左様にございますが、母親を知っておかなければ」

「……」

横瀬はいくら聞いても教えようとしなかった。

その日の夜、与四郎は太助の部屋を訪ねた。太助はまた人情本を読んでいた。与四郎が部屋に入ると、本を慌てて閉じて、申し訳なさそうに頭を下げた。

「隠すことはないだろう」

「いえ、こんな本ばかり読んでいないで、ちゃんと商いの勉強をしなければいけませんのに……」

「感心な心がけだな」

与四郎は落ち着いた声で言ってから、

「お前さんはおっ母《か》さんのことを覚えているか」

と、きいた。

「ええ、覚えています。まだ、亡くなって三年ですからね」

「おっ母さんには、姉御がいるのか」

「ええ、一度も会ったことがございませんが、江戸にいるようです」

「江戸に？　それならば、会えば良いのに」

「だって、会ったことはないし、それに行方もわからないそうですから」

「そうか」

「なんでそんなことを？」

「いや、なんでもない」

与四郎は首を横に振ってから、

「父親は早くに亡くしたんだったな？」

と、きいた。

「はい。私が生まれる前に、もう亡くなっています」

太助はしんみり言う。

「父親に関しては全くわからないのか」

与四郎はきいた。

「江戸で商売をやっていたということしか」

「父親も江戸に？」

「はい。そのようです」

「何の商いをしていたんだ」

「そこまではわかりません……」

太助は首を横に振った。

「父親に会いたいと思ったことはないのか」

「それはあります。だけど、もうこの世にいないので、どうしようも出来ません。私は旦那《だんな》さまのことを父親のように慕っているんです」

太助は堂々とした口調で言った。と同時に、なんでそんなことをきくのだろうというような顔をしていた。

「愛甲屋のことは知らないと言っていたな」

「はい。聞いたこともありません」

「そうか。ならいいのだが」

与四郎は横瀬から聞いたことを言い出せないでいた。それに、横瀬が嘘《うそ》をついているとは思わないが、すんなりと信じることもできなかった。

四

窓から菊千代がいつものように外を覗いている。戸が開けてあって、寒かった。注意したが、閉める気はないようであった。

勝栄は寒さを感じながら、化粧をしていると、

「姐さん、変なひとがいるよ」

菊千代が言った。

「また熊吉さんかえ」

勝栄は妙に頬が上がったが、

「違うよ」

菊千代が否定した。

勝栄の顔は元に戻り、

「あまり、そんなのばっかり見ていると、変に文句を付けられたら困りますよ」

と、冷静に叱った。

「また姐さんを捜しているんじゃないですか」

「馬鹿言わないでよ」

「でも、わからないじゃない。深川の時の馴染《なじ》みかも」

「そうとは思えないけどね」

勝栄はそう答えてから、

「どんな人相だい」

と、念のためにきいた。

「背が高くて、がっちりとした体つきで、目鼻立ちが整っていて、なかなかいい男よ。顔だけで言ったら、熊吉さんよりも全然上ね」

菊千代がいたずらっぽく言う。

勝栄は少し考えながら、

「年は？」

と、きいた。

「四十五、六から五十くらいって感じ」

菊千代が外をじっと見て答える。

「そう……」

勝栄はそれ以上何もきかなかった。

「金はなさそうだけど、いい男に違いないですよ」

菊千代がやけに偉そうに言う。

「そんなの放《ほう》っておきなさい」

勝栄はさっきよりも強い口調で言った。

「はい」

菊千代はつまらなそうに戸を閉めて、勝栄の隣で化粧を始めた。

それから少しして、階段を上がる足音が聞こえ、襖《ふすま》が開いた。

「勝栄、ちょっといい？」

女主人が呼ぶ。

「なんです？　まだ化粧が終わってなくて」

勝栄があわてて言う。

「終わってからでもいいんだけど、ご浪人がお見えになっているの。断ったんだけど、どうやらお客ではないらしくて、お前さんの昔の知り合いだと言っているの」

女主人が淡々と言う。

「もしかして、さっき外にいた浪人じゃない？」

菊千代がなぜか声を弾ませて言う。

「静かにしなさい」

勝栄は菊千代に注意してから、

「そんなこと言われても、困りますので、どうか引き取ってもらってください」

と、素っ気なく女主人に答えた。

「でも、あの様子だとなかなか帰らなそうよ」

女主人が言う。

「それを帰ってもらってください」

勝栄は言う。

「でも、あなたがちょっと顔を出して、何か話せばすぐに終わるんじゃないの？」

女主人はどうしても、勝栄を引っ張り出そうとしている。

「そんなことを言われても困りますので。とにかく、帰ってもらってください」

勝栄は改めて、女主人の顔を見て、はっきりと言った。

「じゃあ、今忙しいって言っておくけど」

女主人はため息をつきながら、去って行った。

「姐さん」

菊千代が声をかける。

「なんだい」

勝栄は面倒くさそうに答えた。

「あの浪人と昔、何かあったんだね」

「……」

「そうだろう？　あんないい男だからね」

「うるさいね」

「深川の時の客かい？　それとも、吉原の時の？」

「だから、うるさいって言ってるじゃないか」

勝栄は舌打ちをした。

それでも、菊千代は止めなかった。

「何があったか知らないけど、会ってきた方がいいんじゃないの？　わざわざ訪ねてくるってことは余程のことかもしれないでしょう？」

「相変わらず生意気なことばっかり……」

勝栄は吐き捨てた。

「姐さんのことを想《おも》って言っているの」

「うるさいね。あたしのことを想うなら、放っておいて」

勝栄は厳しい口調で言った。

「そこまでむきになるってことは、余程のことがあったんだね」

菊千代はそれでも気にしない様子で、あれこれ言った。

勝栄はまともに話しているのが億劫《おっくう》になり、適当に話を流した。

化粧が終わり、着替え終わると、部屋を出た。今日は少し早い時分から、近くの料理茶屋で河岸《かし》の旦那衆の集いがある。

階段を下りると、女主人がいた。

「ちょっと、来て」

女主人に呼ばれて、そばにある部屋に入った。中には、背が高い中年の浪人がいた。

浪人は堅苦しく、頭を下げた。

「じゃあ」

女主人は勝栄をおいて、部屋を出て行った。

勝栄はため息をつきながら、浪人の前に腰を下ろした。

「何しに来たんです」

勝栄は突き放すように言った。

「話がある」

浪人は低い声を出す。

「お前さんとはもう会いたくないと言ったでしょう。約束を破るのかえ」

勝栄が睨《にら》みつけるように、浪人を見た。

「大事な話があるんだ」

浪人が言う。

「……」

勝栄は何も答えなかった。

浪人は勝栄の顔を覗くように見る。それが不快で、顔を俯き加減に背けた。

しばらく、沈黙が続いた。

「愛甲屋……」

浪人がその名前を出したとき、

「止めてください」

と、勝栄は立ち上がった。

そして、勢いよく部屋を飛び出した。

「待ってくれ」

浪人のくせに、情けない声が聞こえた。

勝栄は内所へ行き、

「あの浪人にはもう帰ってもらってください。これから、お座敷へ行ってまいります」

と、怒りをぶつけるように言った。

「ちょっと」

女主人は呼び止めようとするが、勝栄は無視して、裏口から飛び出した。

足早に近所の料理茶屋へ急いだ。

五

夜になろうとしていた。

空から白いものがちらちらと降ってきた。風はないが、やけに冷えた。

湯屋を出た千恵蔵の前に、岡っ引きの新太郎が現れた。

「親分」

新太郎が頭を下げる。この男は手下の頃から、千恵蔵のことをいくらでも外で待っている。どんなに寒い日でも身を震わせることはないし、暑い日でもくたびれた顔をすることはない。

湯屋にいたのは、四半刻にも満たなかったから、今日は待たせていない方であった。

「近くでやるか」

千恵蔵は呑む仕草をした。

「親分のお体に障りがなければ」

新太郎が低い声で答える。

「まだ思うように歩けねえが、杖《つえ》もつかなくても平気だ。ここから二町（約二一八メートル）くらいのところに、新しく出来た居酒屋がある」

「では、そこで」

千恵蔵と新太郎はその店に向かって歩いた。

店は少し奥まったところにあり、群青色の暖簾《のれん》がかけられていた。店内からの灯りが煌々《こうこう》と漏れていたが、静かであった。

千恵蔵が戸を開ける。

「いらっしゃいまし」

淑やかな声の若い女が出迎えた。他に女中もいないことから、女将《おかみ》なのだろう。

思ったより手狭な店で、ひとりで呑んでいる客がふたりいる。店の間の奥では、三十そこその男が魚を捌《さば》いているのが見えた。

千恵蔵と新太郎は壁際に腰を下ろした。

「何か食ってきたか」

「いえ」

「じゃあ、適当にこしらえてもらおう」

千恵蔵はそう言い、女将にその旨を頼んだ。

注文が入っているから、提供するまでに少しかかるかもしれないと言われたが、

「酒をちびちび呑みながら待っているから構わねえ」

と、答えた。

酒が運ばれてきてから、

「橋場の辻斬《つじぎ》りですが、あの時自身番にいた町役人に聞いてみたら、そいつの覚えですと、愛甲屋が最初に報《しら》せたわけではないって言うんです。愛甲屋がたまたま近くにいて、あっしらが話を聞いたみたいで」

「そうだったか」

「愛甲屋は何か起きたのはわかっていたが、目が悪いからよく見えなかったというだけだったので、覚えていないのも無理はありません」

新太郎が説明する。

「あまり気にすることではないと思いますが、愛甲屋が惚れていた芸者がいたのを覚えていますか」

「ああ、もちろんだ。深川の勝栄って芸者だろう」

「いまは芳町にいるとか」

「芳町に？　というより、まだ座敷に出ているのか」

「ええ。あの時はまだ二十三、四じゃありませんか」

「いや、俺が言っているのは、あんなに器量が好くて、男受けしそうな女なら、とっくにどこかの大店《おおだな》の旦那の妾《めかけ》なり何なりになっていると思っていたんだ」

千恵蔵が言った。

話しながら、橋場の辻斬りのことを思い出してきた。

この頃、千恵蔵の家の近くに住んでいた浪人が、愛甲屋に金を騙し取られたと訴えてきていた。それというのも、愛甲屋は本業とは別に新種の朝顔を栽培し、それを高値で売るという名目で金を集めていた。しかし、その金が返ってこないというのであった。

愛甲屋はそんなにすぐに成果が出るものではないが、必ず利子をつけて返すと約束していた。

千恵蔵は愛甲屋と浪人との間を取り持ってやっていた。そういうこともあって、橋場の辻斬りで愛甲屋の名前が出てきたときには、妙に引っ掛かった。

「だが、愛甲屋について調べてみたんだったたか？」

千恵蔵がきいた。

「いえ、ちょうど殺しが立て続けに起こって、それどころじゃなくなったんです。橋場の辻斬りは死人も出ていないということで、そのままになってしまいました」

新太郎が答える。

「そうだったな。そのすぐ後には、愛甲屋は急に夜逃げしたんだった。結局、俺の近所に住んでいる浪人もあいつから金を返してもらえなくて、泣きを見たんだ」

「その浪人は今は？」

「愛甲屋が夜逃げしてから、半年後くらいに病気で亡くなった。元々貧しい暮らしだったのに、有り金をすべて愛甲屋に委ねたんだ。それが全てなくなっちまって、薬も買えなかったんだろうな……」

千恵蔵がしんみりと言う。もし、あの時に千恵蔵が愛甲屋から無理やりにでも金を返させていたら、浪人はもっと長く生きられたのか。千恵蔵はその浪人が死んだあと、愛甲屋の行方を捜そうと思い立ち、勝栄に話をききに行ったことがあった。しかし、何の手掛かりも得られず、また他の事件に取り掛からなければならなかったので、おざなりになっていた。

思い返しながら、ため息をついた。

「親分のせいじゃないですよ」

何も言っていないのに、新太郎が慰める。

空いた猪口に、酒を注いでくれた。

それをぐいと呑み干すと、

「そういや、勝栄って芸者、愛甲屋が夜逃げした後、しばらく座敷に姿を現さなかったな」

千恵蔵は思い出して言った。

「半年くらいの間でしたね。どういう訳でしたっけ」

「それが定かじゃねえが、俺は愛甲屋と逃げたんだと疑った」

「でも、そうじゃなかった」

「まあ、勝栄が何かやらかしたってことじゃねえから、調べたりもしなかったが、今思い返してみると、どうして調べなかったのかって思う」

「調べていたら、愛甲屋の行方がわかったと？」

「きっとな」

千恵蔵は遠い目をして言った。

勝栄は愛甲屋のことを好いていた。口ではそんなことを微塵《みじん》も言っていなかったが、勝栄の目を見て、そうに違いないと思っていた。

食事が運ばれてきた。

愛甲屋の話から外れて、四方山話《よもやまばなし》をしていた。

「橋場の辻斬りは、本当に金目当てだったんだろうか」

千恵蔵はふと呟いた。

「どういうことです？」

新太郎は箸《はし》を止めて、きき返した。

「中に乗っていた侍が誰だったのかわからなかったが、もしかしたら、金目当てではなく、その侍を殺すつもりで狙ったってことも考えられねえか」

「殺すつもりで……」

「その侍にも何か弱みがあったのかもしれねえ。だからこそ、逃げる必要があったんじゃねえか」

千恵蔵はそう言ってから、

「ハゲ鼠が誰かに頼まれたってことも考えられる」

と、思いついた。

「誰かって？　まさか」

新太郎が、はっとした。

「わからねえが、愛甲屋が橋場にいたってことは……」

千恵蔵は重たい声で答える。

「では、なんですか。愛甲屋は駕籠《かご》に乗っていた侍が殺されるのを見届けようとしていたってことですか」

「ああ」

「ハゲ鼠に殺しを頼んだと？」

「そうだ」

根拠はないが、千恵蔵が頷く。

「愛甲屋がそんなにも残虐な人間には思いませんでしたが」

「いや、残虐なんかじゃねえ。その侍が死ぬのを見届けないと、枕《まくら》を高くして寝られなかったんだろう」

千恵蔵は決め込んだ。徐々に当時の愛甲屋になりきって考えていた。愛甲屋がその侍を殺そうと思うのは、おそらく朝顔の栽培で他人から金を騙し取ったことに絡んでいる。その手の金の集め方は、今戸の浪人以外にもしていたはずだ。

愛甲屋は橋場での殺しに失敗した。だから、夜逃げしなければならなかったのだ。

そんな考えが一気に脳裏を駆け巡った。

頭の中で整理してから、新太郎に自分の考えを話した。

新太郎は大きく頷きながら聞いていた。

ひと通り伝えると、

「では、その駕籠に乗っていた侍っていうのは一体誰なんでしょう」

新太郎がきく。

「わからねえ」

千恵蔵が首を横に振る。

「ハゲ鼠だったら知っているかもしれませんね」

新太郎が言葉を被《かぶ》せるように言った。

「あいつは今どこにいるんだ」

「千住《せんじゅ》の長光寺《ちょうこうじ》で住職をしています」

「なに、仏門に入っているのか」

「ええ。辻斬りのあとにも、同じようなことをしていたんですが、ある時から急に改心したようです」

「あのハゲ鼠がな……」

千恵蔵は十五年前のその男の顔を思い出しながら呟いた。

そして、翌日。

昼前に、千恵蔵は千住の長光寺へやって来た。

門のところには札が立っていて、住職の言葉として、何やらもっともらしい言葉が書かれていた。

門をくぐる時においても、本当にあのハゲ鼠が坊主になったのかと、新太郎が言うなら間違いはないだろうが、半ば疑う気持ちでいた。

少し境内を歩いたところで、寺の小僧と出くわした。その者に住職へ取り次ぎを頼むというと、庫裏に連れて行かれた。

奥の部屋に通されると、そこには背の低い頭を丸めた四十くらいの坊主が座っていた。穏やかな表情であったが、千恵蔵を見るなり、急に目を大きく見開いた。

「千恵蔵親分……」

「本当にハゲ鼠なのか」

「はい。あの節は大変お世話になりました」

坊主は頭を下げる。

すっかり、人が変わっていた。しかし、昔の面影はほんの少し残っていた。

「どうして、こちらに？」

「ちょっとききたいことがあったんだ」

前置きをしてから、

「橋場の辻斬りを覚えているか」

千恵蔵がきいた。

「はい」

坊主は頷く。

「調べているといっても、今さらお前さんをまた罪に問おうとしているわけじゃねえ。あの時、お前は駕籠に乗った侍を知っていたか」

「はい」

「誰なんだ」

「横瀬左馬之助さまという方です」

「なに、横瀬左馬之助？」

与四郎のところを酔って訪ねた侍だ。

「もう十五年も前のことですし、私はこの通り仏門に入りまして、今までの罪を償うつもりです。ですので、正直に打ち明けます」

坊主は静かな声で言い、

「親分はもしかしたら気付いていたかもしれませんが、私はある方に頼まれて、横瀬さまを駕籠で殺してくれと五十両をもらう約束をしました。しかし、金は殺してから払うと言われ、とりあえず手付金として五両だけは先にもらっていました。ですが、案の定失敗しまして、親分に捕まった次第にございます」

と、淡々と語った。

「殺しを頼んだのは、愛甲屋三九郎か」

千恵蔵は前のめりにきいた。

「いえ」

坊主は首を横に振り、

「そのような名前ではございませんでした」

と、言った。

「じゃあ、誰なんだ」

「石松屋と名乗っていました」

「石松屋？」

「詳しいことは聞いておりません。たまたま、賭場《とば》で出くわした商人に橋場の話を持ち掛けられたんです。金を払ってもらえれば、相手はどんな人間でも構いませんでした」

「だが、相手の身許《みもと》がわからなければ信頼できねえだろう」

「そんなことを考えることができるなら、駕籠かきの振りをして、客を身ぐるみ剝《は》ぐなんてしませんよ。手付金も払ってくれましたし、言われた通りにやったまでです」

坊主は後悔しているように目を瞑《つむ》って言う。

「実際に何と指示されたか覚えているか」

「具体的な日時は覚えていませんが、何月何日のこれくらいの時刻に、背の高い体のがっしりとした目鼻立ちの整った侍が通るから、ただ同然で乗せろと言われたんです。必ず吉原に行くはずだと言っていました。途中の橋場で、その侍を殺すようにとのことでした」

「頼んできた石松屋というのが橋場にいたんじゃねえのか」

「ええ。ちょうどいました」

坊主は頷く。

やはり、殺しを頼んだのは愛甲屋に違いない。

ともかく、愛甲屋はその侍が殺されるのを見届けなければ、気が済まないほど揉めていたのだ。

その侍が横瀬左馬之助だ。横瀬のことを与四郎に伝えておこうと思った。

六

それから、半刻ほど経った。

千恵蔵は『足柄屋』にやって来た。寒さの中、今戸から佐賀町まで歩いたので、酔いもすっかり覚めてしまった。

裏口を開けて、呼びかけると小里が出てきた。

「親分、こんな夜分にどうされたんですか」

小里が驚いたようにきく。

「ちょっと、与四郎に伝えたいことがあったんだ」

「そうでしたか。ちょっと、いま外に出ていまして、帰るまでもう少しかかると思います。申し訳ございません」

「いや、いきなり来た俺が悪い」

千恵蔵は自分に言い聞かせるように言ってから、

「お前さんは与四郎から横瀬左馬之助のことは聞いているか」

と、確かめた。

「ええ。うちに酔っぱらってやって来た方ですよね」

「そうだ」

「うちの亭主が、昨日横瀬さまを訪ねました」

「なに、横瀬さまを？」

「はい」

小里が小さな声で頷いてから、

「ちょっと、よろしいですか」

と、外を指した。

なんだかよくわからなかったが、

「ああ」

と、ふたりで外に出た。

風はないが、芯から冷える。

「ごめんなさい。ちょっと、太助には聞かれたくなかったので」

小里が前置きをした。

「どういうことだ？」

千恵蔵は首を捻《ひね》った。

「親分に以前少しお世話になったことがありましたが、うちの太助がお華という娘と良い仲なんです」

「ああ、日本橋の大店の娘だったたな。こう言っちゃ何だが、やくざ者なんかとつるんでいたりして、あまり素行のよくない」

「はい、その娘です」

小里は頷き、さらに続けた。

「その娘が言うには、横瀬左馬之助さまが実の父親だそうなのです」

「なに、横瀬がお華の実の父親だと？」

千恵蔵はきき返す。

「はい。横瀬さまは何か訳があって、養女に出したようですが、未だに月に一度は会っているようで、太助のことをお華から聞いたそうです」

「ということは、横瀬がここを訪ねてきたのも、酔っぱらって間違えたというわけではないのか」

「それを確かめるために、うちの亭主が横瀬さまに会いに行ったんです」

小里はゆっくりと言い、

「横瀬さまは口を閉ざしてしまったそうです」

「そういうことか」

千恵蔵は少しわかったように、ため息交じりに言った。

「すみません。それで、親分は横瀬さまの何を？」

きいてきた。

「少し話は長くなるが、簡単に言うと、横瀬と愛甲屋には因縁がある」

千恵蔵は重たい声で言った。

「因縁ですか」

小里は恐ろしいものを見たような顔をする。

その時、背後から足音が聞こえると共に、

「親分」

与四郎の声がした。

千恵蔵は振り返り、手をかざす。

与四郎は小里に顔を向けて、

「寒いなか、中に通さないとだめじゃないか」

と、軽く注意した。

「いや、いいんだ。ちょっと、横瀬のことで話があったんだ」

千恵蔵が言うと、与四郎は察したような顔つきになった。

「親分、横瀬さまっていうのは、お華の実の父親だと……」

与四郎が小さな声で言う。

「ああ、小里さんから聞いた。それで、横瀬と愛甲屋には因縁があるんだ」

千恵蔵は改めて言った。

ふたりは身を乗り出すように聞いていた。

「十五年くらい前に橋場の辻斬りと呼ばれる事件があった。当時、駕籠かきが乗っけた客を人気のないところに連れていって、金を強請り取るというのが流行っていたんだ」

千恵蔵はそう前置きをしてから、橋場の辻斬りのことを告げた。

「で、その駕籠に乗っていたのが横瀬左馬之助だ。そして、駕籠かきたちを利用して、横瀬を殺すように指示したのが愛甲屋三九郎じゃねえかと睨んでいる」

「じゃあ、横瀬さまは愛甲屋に恨みを晴らそうと……」

与四郎が考え込み、

「でも、どうして愛甲屋だと疑うのですか」

と、きいてきた。

「愛甲屋がたまたま橋場にいたのが、気になるんだ。たまたま居たわけではなくて、ちゃんと横瀬が殺されるところを見なければ心配だったんじゃねえかと」

「そこまでの恨みというのは一体？」

「金だ」

千恵蔵が決め込む。

さらに、続けた。

「当時愛甲屋は変化朝顔の栽培に手を染めていたのだ。そこに金を出せば、儲かるという巧い話を愛甲屋が横瀬に持ちかけた。だが、それは全くの嘘で、端《はな》から騙すつもりだった。それに怒り狂った横瀬は、愛甲屋に殴りこみに行った。身の危険を感じた愛甲屋は横瀬を殺すことを決めた」

「でも、横瀬さまは殺されなかったんですね」

与四郎はきいた。

「ああ、逆に駕籠かきたちを斬って逃げた。襲われて斬るのだから、何もやましいことはないが、おそらく愛甲屋が仕組んだことだと気づいていたのだろう。金銭の問題が露見すれば、藩での立場が危ういと思ったのかもしれない。実際に、横瀬はそのすぐ後に真田家を追われている」

「じゃあ、駕籠かきを斬ったことが原因で？」

「調べてみりゃあ、わかるだろう」

千恵蔵は自信をもって言った。

与四郎は難しい顔をして考え込む。

「駕籠かきは殺しを頼んだのが、愛甲屋だと言っていたのですか」

小里がきいてきた。

「いや、石松屋だと。偽名だろうが……」

千恵蔵が答える。

与四郎の顔が急に硬くなり、

「石松屋ですって？」

と、きき返した。

「ああ。何かあるのか」

「石松屋、錦鯉の養殖……」

与四郎は口の中で呟いてから、

「親分、愛甲屋はまだ生きているでしょうね」

と、唐突に言った。

「その後の行方はわからねえが、生きているだろうな」

千恵蔵が答える。

「実は親分、先日も話しましたように、錦鯉の養殖で儲ける話を、『花見屋』の婆さんが方々に持ち掛けていたんですよ。婆さんは借金を返すためにやっていたんですが、儲け話を持ちかけてきたのは石松屋だと名乗っていたそうです」

「なに、それも石松屋だと」

「もしかしたら、十五年前の石松屋と同じじゃありませんか」

与四郎が決め込んで言う。

「まさか……」

小里が首を捻るが、

「いや、あり得るな」

千恵蔵は言った。

「もし、石松屋が愛甲屋であれば、まだ江戸にいるのでしょう」

と、決めつけるように言った。

「そうだな」

千恵蔵は頷く。

「でも、石松屋は人を騙すようなことをしていますから、おそらく住まいも明かしていないのでしょう。調べるのも、大変じゃありませんか」

小里が与四郎と千恵蔵を交互に見る。

「いや、わかるかもしれねえ。愛甲屋が好きだった女がいるんだ。芸者だがな」

千恵蔵は決め込んだ。

「芸者?」

与四郎が何か思いついたように声を上げる。

「当時、愛甲屋が惚れていた芸者がいるんだ。いまは芳町にいる勝栄っていう奴だ」

「え、あの勝栄さん……」

与四郎が唖然《あぜん》としていた。小里も驚いたように目を丸くする。

「知り合いか?」

千恵蔵はそうききながら、深川にもいたので、知っているのもおかしくないだろうと思った。

「ええ、うちのお得意さまです」

与四郎は答えた後、

「ということは、太助の母親っていうのは……」

と、はっとした表情を見せた。

「なんだ、太助の母親が勝栄だというのか」

千恵蔵はきいた。

「そうです。横瀬さまの話では、太助は母親の妹に預けられたとのことでした。そうすると、辻褄《つじつま》が合うんです」

与四郎は興奮を隠せない。

「つまり、勝栄と愛甲屋の間に生まれたのが太助で、橋場の辻斬りの後、愛甲屋が露見を恐れて夜逃げしたから、勝栄の妹に預けられたというわけか」

千恵蔵がまとめた。

「だとしたら、あの子が危ないんじゃないですか」

小里が焦ったように言った。

「危ないって、どういうことだ」

与四郎が焦ったようにきき返す。

「横瀬さまは愛甲屋に恨みを持ち続けているのだとしたら、お華を使って、太助に近づき、復讐《ふくしゅう》をしようとでも考えているんじゃ……」

小里が落ち着かない様子で言う。

「太助は？」

与四郎がきいた。

「二階にいるはずですが」

小里が答えると、与四郎は目を上げた。千恵蔵も二階を見る。灯りがついていない。

「すみません」

与四郎は急いで、家の中に入っていった。

千恵蔵と小里も続いた。

与四郎は大きな足音で階段を駆け上がり、すぐに下りてきた。

「太助がいません」

与四郎が言い、裏口から外に飛び出した。

千恵蔵は追いかけ、

「おい、待ってくれ」

と、太い声で呼びかけた。

「親分、あいつに何かあったら」

与四郎は落ち着かない様子で言うが、

「横瀬が太助に何かするとは思えねえ。もう十五年も経《た》っている。それに、今までだって、太助を殺そうと思えば、出来たはずだろう。それが何だって、実の娘を使って、そんな面倒なことをしなきゃならねえんだ」

千恵蔵の声が大きくなった。

ふと、隣の下駄屋の二階の灯りがつくのが見えた。窓から若旦那が覗いていた。軽い顔見知り程度である。若旦那は会釈して、すぐに顔を引っ込めた。

「たしかに、親分の言う通りかもしれませんが……」

与四郎はそう答えるが、まだ引っ掛かっているようであった。

小里はもっと焦っているようだ。

少しして、隣の若旦那がやって来た。

「ちょっと、話が聞こえてきたもので」

若旦那が小さな声で言う。

「すみません」

小里が謝った。

「太助なら、心配ないと思いますよ」

若旦那が言う。

「どうして？」

与四郎と小里の声が重なった。

「今まで黙っていましたが、太助は夜こっそり家を出ていくことがあるんです。おそらく、その女とでも会っているのでしょう。一刻くらいで帰ってきますから、心配なさらずに」

若旦那が安心させるように言った。

「でも、その会っている相手の女が……」

小里が不安そうに言い返す。

「まあ、心配なら太助を捜しに行こう」

千恵蔵は他に方法が思いつかず、そう言った。

「じゃあ、私も」

若旦那が手を挙げた。

「いえ、そんな悪いですよ」

小里が断ろうとするが、

「いえ、気になさらないでください」

若旦那は首を横に振る。

「まあ、ひとりでも多い方が早く見つかるだろう。俺、若旦那、与四郎と小里さん。三つに分かれよう。夜道だから気をつけろよ」

千恵蔵は注意してから、『足柄屋』を出て行った。

どこへ行くか当てもないが、ふと岡っ引きだったころの気持ちが蘇《よみがえ》るような気がして、心が燃えてきた。

第四章　情合い

一

あまりに走ったので、喉《のど》に血の味がする。

そこに冷たい風が当たり、余計に喉を痛めつける。小里はよく付いてきた。しかし、もう走るのは辛《つら》そうであった。

与四郎は立ち止まった。

「戻ってろ。太助が帰ってくるかもしれない」

「はい……」

小里は悔しそうに答える。

家までは少し離れている。与四郎は送っていこうとしたが、

「ひとりで帰れます」

小里がきっぱりと言った。

「夜道で危ない」

与四郎は注意するが、

「知った道なので大丈夫です。それより、早く太助を捜してください」

小里は言い返した。

「なら、せめて自身番の家主か店番にでも家まで送ってもらおう」

「心配しすぎですよ」

「でも、お前だって太助のこととなると、こうやって心配する。同じことだ」

与四郎は言った。

それには、小里は言い返さない。

「わかりました」

与四郎は小里を自身番に連れて行き、訳を話した。店番はすぐに事情を汲《く》んでくれて、「私が責任を持って、おかみさんをお送りします」と言ってくれた。

与四郎は後を任せた。

それから、再び走って捜し出した。

もしや、深川にはいないのか。

一瞬、そんなことが過《よぎ》ったが、遠くまで行くだろうかとも思った。若旦那《わかだんな》の話だと、今までにも夜に忍んで、お華とは会っていたようだ。

やはり近くだ。

与四郎は佐賀町の方に戻った。

大通りから細い路地に入って捜す。

北風が吹き抜けて、体を震えあがらせるほどだ。

小さな祠《ほこら》のある稲荷《いなり》から、何やら男女の声が微《かす》かに聞こえてきた。

与四郎は鳥居をくぐった。祠に近づくと、人がいる気配がする。

提灯《ちょうちん》をかざした。

太助と若い女の姿が見えた。

「ここにいたのか」

思わず声が出た。

隣りにいた女は驚いて、太助の陰に隠れようとしたが、与四郎の顔を見て、背筋を伸ばして太助の前に出てきた。

急に凜《りん》とした顔で、

「『足柄屋』の旦那さま、申し訳ございません」

と、女が謝った。

「お華さんだな」

与四郎は確かめた。

「はい」

お華は頷《うなず》く。

太助に目を向ける。苦い顔をして、唇を軽く嚙《か》んでいた。申し訳なさそうに、沈んだ目をしている。

「お華さん」

与四郎は呼びかけた。

お華はしっかりとした目つきで、「はい」と答えた。

噂《うわさ》で聞くやくざ者との関《かか》わりがある奔放な娘という感じはしなかった。それどころか、大店《おおだな》の娘らしいしっかりとした佇《たたず》まいである。

心配する必要がないと言っていた若旦那の言葉が過る。

「ここじゃ寒いだろうから、うちで話そう」

与四郎は言った。

太助は嫌そうな顔をしていたが、お華は逆らわなかった。

三人は稲荷を出て、『足柄屋』に向かった。

「お華さん、お前さんの実の父親っていうのは、横瀬左馬之助さまなのかい」

与四郎はきいた。

「そうです」

お華は頷いた。

「横瀬さまが『足柄屋』を訪ねてきたことは知っているかい」

「はい、太助さんから」

「お前さんと太助のことがあるから、酔っぱらったときに訪ねてきたのか」

「わかりません。しかし、父は決して旦那にご迷惑をおかけすることはありません。再び仕官することをずっと望んでいますから」

お華が答える。

『足柄屋』の裏手まで来ると、千恵蔵と若旦那にばったり会った。

「ちょうど、よかった。これからうちに来てもらうところです」

与四郎は言った。

「では、私はこれで」

若旦那は安心したように戻っていった。

与四郎、千恵蔵、太助、お華の順で勝手口から入った。

声を聞きつけたのか、すぐに小里がやって来た。

小里はお華を見るなり、

「どうして、今までそんなこそこそと会っていたのですか」

と、叱《しか》りつけるように言った。

「まずは部屋に入って。それから話をきこう」

与四郎は小里をなだめるように言う。

居間は長火鉢に火が熾《お》きていた。

「親分さん、どうぞこちらに」

小里は千恵蔵を気遣って言う。

「すまねえ」

千恵蔵は長火鉢の近くに腰を下ろし、

「暖かい」

と、呟《つぶや》いた。

長火鉢を囲むように皆が座った。

小里がお華に顔を向けた。

「おかみさん。本当に申し訳ございません。ちゃんとご挨拶《あいさつ》をしなければならないと思いつつも、なかなか出来ないでいました。周囲では私が太助さんのことを騙《だま》しているだとか、様々なことを言われているようですが、決してそんなことはありません」

お華が力強い声で言った。

小里は与四郎を見た。おそらく、与四郎がお華の第一声を聞いて感じたことと同じことを小里は思っているのだろう。

与四郎は頷いた。

「旦那、お内儀《かみ》さん、それに親分。本当にご迷惑をおかけして申し訳ございません」

太助が頭を下げた。

「どうして、夜にこそこそ会っていたんだ」

与四郎がきいた。

「今夜は行方不明の女中さんを捜しに行ったんです。やっと居場所がわかって行ってみたんですが、一足違いで会えなくて」

太助が女中のことを説明をした。

「そうか。それは残念だった。それにしても、いつもふたりは夜に会っているな」

「昼間はお華さんが忙しいんです」

「忙しい？　なぜだ」

「まだまだ見習いですが、浮世絵を描《か》いています」

お華が答えた。

「浮世絵？」

与四郎がきき返す。

小里も千恵蔵も意外そうな顔をした。

「私の育ての親は日本橋で商売をしております。でも、養女ということで、どうしても居場所がないんです。もう世話になるのも嫌なので、家を飛び出して、ある浮世絵師のところに弟子入りをしたんです」

お華が淡々と言うと、

「浮世絵師の師匠がすごい方なんです」

太助が控え目だが、自慢するように横合いから言った。

「無駄なこと言うんじゃないよ」

お華が太助に注意する。

「でも、本当のことだ。その師匠の名前を出せば、お華さんがちゃんとした人だってわかってもらえるんじゃないかと思って……」

太助の声が先細りになった。

「師匠っていうのは、誰《だれ》なんだ」

ずっと腕を組んで聞いていた千恵蔵が口を挟んだ。

「いまは画狂老人という号なのですが、葛飾北斎《かつしかほくさい》の名で知られています」

お華が言った。

「あの北斎か」

千恵蔵は感心するように声をあげた。

その方面にあまり詳しくない与四郎でさえも知っている名前であった。

「まあ、それはともかく。お華さんはずっと日本橋の家には帰っていないのですか」

小里がきく。

「はい。今は師匠の隣を借りています」

「遅くに出歩いても怒られないのかえ」

「何も言われません。師匠も家にはいないで、どこかふらふらとしているでしょう」

「といっても、昔から名前を聞いているから、もうだいぶお年では？」

小里はきいた。

「七十は超えています。でも、まだまだお元気です」

「師匠が面倒を見てくれるならいいけど、万が一のことがあったら困るからねえ。それに、たまには日本橋の親御さんに顔を見せた方がいいんじゃないかえ」

小里は心配そうな顔をする。

「いえ、日本橋のことはもういいんです」

お華は振り切って言う。

「実の親じゃなくても、心配なはずだ」

千恵蔵が口を挟む。

お華が千恵蔵に顔を向けると、

「お前さんの親はよく知らねえが、噂はきいたことがある。お前さんがやくざ者と親しくしていた時だって、うちの娘に限ってそんなことはないと信じてくれていたそうじゃねえか。態度には出さねえかもしれねえが、お前さんを育てたんだ。心配するのが当たり前だ」

千恵蔵は説くように言う。

お華は何も答えられずにいた。

「もし、親とわだかまりがあったり、会いにくいっていうんなら、俺が間に入ってやる」

千恵蔵が買って出た。

「親分がですか？」

お華は驚いたように聞き返す。

「ああ。せめて一言、北斎の弟子になって、修業に励んでいると言えばいい」

「……」

「太助のことで何か言われたら、俺が言い返してやる。ともかく、筋だけはきちんと通しておかなきゃならねえぞ」

千恵蔵はお華をしっかりと見る。

お華は少しためらってから、

「はい……」

と、小さく頷いた。

「今日は遅いから、明日の夜、一緒に行こう。いいな？」

千恵蔵はお華と約束を交わした。

「私も一緒に行った方が？」

太助がきいた。

「いや、まずは来なくていい」

「わかりました」

太助が頷く。

「俺が送っていく」

千恵蔵がお華の肩を軽く叩《たた》いた。

「ひとりで帰れます」

「夜道を女がひとりで歩いちゃいけねえ」

「でも、親分にご迷惑が」

「そんなん考えるんじゃねえ。さあ、ここにも迷惑になるから行くぞ」

「はい」

「それから、さっきの行方不明の女中のことは俺が捜してやろう」

千恵蔵はお華を連れて、勝手口から出て行った。

与四郎、小里、太助は台所で顔を合わせ、

「親分がついているから平気だろう。まあ、こんな形になっちまったが、お華にも会えてよかった」

与四郎が言った。小里は頷いていた。

「旦那、お内儀さん、ご迷惑おかけして申し訳ございませんでした。明日からまた気を引き締めて頑張りますので、今日はもう休みます。おやすみなさい」

太助は二階に上がって行った。

ふたりも寝間へ行く。

「さっき、親分がお華に親が心配しているって言っていた時の目が妙に気にかかるんですよね」

小里がふと口にする。

「別に、親はそういうものだと言っていただけだろう」

「でも、親分はまだ独り身ですよね。子どももいません」

小里は首を傾げた。

「それが、何だ」

「親の気持ちというのがわかるのでしょうか」

「そりゃ、親分ほどの方だ。自分に子どもがいなくたって、わかるんだろう。それに、俺たちだって、まるで家族のように扱ってくれているじゃないか。あの人は、そういう人なんだ」

与四郎が言い聞かせるように言った。

「あら、お前さんは親分のことをあまり快く思っていないようでしたけど」

小里が不思議そうに言った。

「いや、そうじゃない。親分という人がよくわかっていなかっただけだ」

「そうですか」

小里はまだ引っ掛かっているようで、

「親分に女がいるとか、そういうことは聞きませんね」

と、口にした。

「そういや、そうだな」

「あまり関心がないんでしょうかね」

「男だったら、そんなことはないと思うがな……」

「昔、何かあったんでしょうか」

小里がどこか遠い目をする。

「まさか、親分ほどの人が昔の女を引きずるなんてことはないだろう」

与四郎は笑い飛ばす。

「わかりませんよ」

小里が真面目《まじめ》な顔で答える。

「うーむ」

与四郎は小里につられて、表情を堅くしながら、腕を組んだ。

しかし、いくら考えてもわからないことだし、それに親分に好《い》い人がいるかどうかは知りたいとも思わなかった。

与四郎はそれから寝る支度をして、すぐに床に入った。小里は口には出さなかったが、ずっとそのことを考えているようにも思えた。


翌日の朝。与四郎は商品を背負って、『足柄屋』を出た。

通りがかる人たちには、「太助は元気がいいが、お前さんの方が引き留めたくなるね」などと言われた。

売り声をかけずに、元加賀町の横瀬の暮らす長屋へ行った。木戸をくぐって、とば口の家の腰高障子を開ける。

ちょうど雪駄に足を通している横瀬がいた。

「おはようございます。もうお出かけですか」

与四郎はきいた。

「ちょっと、隣の婆さんに買い物を頼まれたんだ。急ぎじゃないんだが、両国広小路まで行くから、あそこが混む前にと思ってな」

横瀬が答える。

「そんなことまでされているんですか」

「足が悪いから、仕方がない」

「でも、あまりお侍さまで、町人にそこまで親身になってくださる方はそう多くありませんよ」

与四郎は世辞ではなく言った。

「侍といっても、もう浪人になって十五年だ。長屋の連中の方が気心が知れている」

横瀬が軽くため息をつき、

「それより、何かあったのか」

と、きいてきた。

「お話があったのですが、お忙しいなら改めて来ますが」

「買い物だけだ。一緒に途中まで行くか」

「では、お言葉に甘えて」

与四郎は横瀬と共に長屋を出て、両国広小路へ向かって歩き出した。

歩いている途中で、横瀬が単衣であることに気づいた。浪人なので、あまり金はないのだろうが、さすがに師走のこの時期に綿入れをしていないというのは身に堪《こた》えるはずだ。しかし、着物から露出している肌を見ても、鳥肌は立っていなかった。背筋を伸ばして、真っすぐ前を向いて歩いている。

「どうしたんだ。そんなにじろじろ見て」

横瀬が顔をしかめた。

「いえ、お寒くないのかと思いまして」

「なに、元は信州《しんしゅう》の田舎侍《いなかざむらい》だ。信州はもっと寒い。こんなの甘いものだ」

横瀬は笑い飛ばし、

「それより、話というのはなんだ」

と、一瞬、顔を向けた。

「昨日、お華さんと会いました」

与四郎は即座に答えた。

「俺の娘のお華か」

横瀬はきき返す。

「はい」

与四郎は頷き、

「横瀬さまがもう一度仕官しようとしているから、私に迷惑をかけることはないだろうと言っていました」

と、告げた。

「あいつがそんなことを？」

横瀬は苦笑いした。

「失礼ですが、どうして真田家を出られたのですか」

与四郎は自然と重たい口調できいた。

横瀬は与四郎の顔を見る。

「その顔だと、知っているな」

鋭い言い方であった。

「詳しくはわかりません。ただ、千恵蔵親分から橋場の辻斬《つじぎ》りのことを聞きました。駕籠《かご》かきは石松屋というのに頼まれて、横瀬さまを乗せて殺すつもりだったと」

与四郎は声をひそめて、正直に答えた。

「……」

横瀬は正面を見たまま答えない。

「それは本当なのでしょうか」

与四郎はきいた。

「……」

相変わらず、答えない。

「私はその時、駕籠に乗っていたのが横瀬さまだったかどうかはあまり気にしていないのですが、石松屋というのが引っ掛かるんです」

与四郎がそう言うと、横瀬の足が止まった。

辺りを見渡し、

「石松屋というのはわからないが、俺を襲おうとしたのは愛甲屋三九郎に違いない」

と、横瀬がはっきり言った。

「愛甲屋というのは、朝顔の栽培をするというので、金を集めていたそうですね」

「……」

「もしや、横瀬さまも儲け話に乗ったのではありませんか」

与四郎が重たい声で投げかけた。

「……」

横瀬は答えずに、歩き出した。

「いまさら、横瀬さまをどうこうさせようというつもりはありません。ただ、以前仰《おつしや》っていたように、太助の父親が愛甲屋であるならば……」

与四郎が続けようとすると、

「俺は隠そうとしているわけではない。ただ、こんなところでは誰に話を聞かれているかわからない。もう言うな」

横瀬が睨《にら》んだ。

「申し訳ございません。では、また場所と時刻を改めれば教えてくれますか」

与四郎はきいた。

「うむ」

横瀬は小さく頷いた。

「今、決めていただいてよろしいですか」

「決められても困る。適当なときに訪ねてこい」

「わかりました。では、また改めて。ほんとうに教えてください」

「うむ」

与四郎は約束をとりつけた。

ふたりは両国橋を渡ってから別れた。

与四郎は芳町に向けて歩き出した。

二

その日の夜のことだった。

千恵蔵はお華を連れて、日本橋の店を訪れた。お華は店に近づくに連れて、足取りが重くなっていた。

店の裏手に来ると、お華の足が止まった。

「会うのが気まずいのか」

「いえ」

「ならいいだろう」

千恵蔵は裏口を入った。お華は土間に足を踏み入れなかった。

廊下の奥に向かって声を上げると、すぐに三十ぐらいの女中頭らしい女がやって来た。

「俺は今戸の千恵蔵ってもんだ」

千恵蔵が言うなり、

「もしかして、岡《おか》っ引《ぴ》きの……」

と、相手ははっとする。

「元はそうだ」

「そうでしたか。何か……」

女中がそう言いながら、目を千恵蔵の肩越しに向けた。

とたんに険しい目つきになった。

「お華さんじゃありませんか」

女中が鬱陶《うっとう》しそうにつぶやき、

「もしかして、何か厄介になるようなことを……」

と、不安そうな目を千恵蔵に向けた。

「お前さんが思っているようなことじゃない。ともかく、旦那と会わせてもらいたい」

千恵蔵は落ち着いた声で言った。

「はい。少々お待ちくださいい」

女中は奥に引っ込んだ。

少し待たされて、女中頭が戻ってきた。

「どうぞ、お上がりくださいい」

女中は招き入れて、客間に通した。

八畳の部屋で、掛け軸や欄間《らんま》など地味であるが、実に手が込んでいて、高値のものであろうと見た。

しばらく待っていると、恰幅《かっぷく》のよい五十男が部屋に入ってきた。威厳のある二重顎《あご》であったが、千恵蔵の前に正座して、折り目正しく挨拶をした。

さっきの女中と違って優しい顔つきであった。

「親分、ありがとうございます」

旦那がいきなり礼を言った。

「何がだ」

千恵蔵は戸惑いながらきき返した。

「娘と会うのは、ひと月、いや、ふた月ぶりにございます」

旦那は淡々と答えるが、内実うれしそうなのが伝わってきた。

「お華はな、心配するようなことはしていねえよ」

千恵蔵ははっきり言う。

「左様にございますか。それなら、なぜ親分と一緒に？」

「俺はただのお節介で、親子の間を取り持とうと思っただけだ」

「親子の仲といいましても、娘は年が明ければ二十歳《はたち》になります。もう子どもではありませんので、好きなようにやらせようと思っておりました」

旦那は腰を低くして言う。

だが、言い訳に聞こえてならなかった。

「まだ嫁入り前だ。曲がりなりにも、大店の娘だぞ」

「はい。心得ております」

「聞くところによると、お前さんは心配してお華のことを色々と探っていたみたいだな」

「え、ええ……」

旦那は気まずそうに頷く。

「そこまで心配していた娘が帰ってきたんだ。そんな言い方はねえだろう」

千恵蔵が叱った。

旦那は俯《うつむ》き加減に、

「はい」

と、言った。

「この子が家に帰ってこないのは、居場所がないからだ。店の者は誰ひとりとして、この子の味方をしてくれねえんだ。養女だからか知らねえが、娘には違いねえ。せめて、お前さんだけはこの子にしっかりと向き合うべきじゃねえのか」

千恵蔵が言って聞かせた。旦那は言い訳することはなかった。実際にお華のことを陰で心配しているくらいだから、根は悪いわけではないのだろう。

しかし、お華の辛さを知りながら、何も出来ないでいる旦那に憤りを感じた。

千恵蔵はお華から聞いておかしいと思ったことを、こんこんと説いていった。旦那はずっと首《こうべ》を垂れたまま、じっくりと受け止めているようであった。

ふと、横にいるお華を見てみると、旦那の顔をまじまじと見つめ、どこか優しい眼《ま》差《な》しになっていた。

「まあ、安心しな。この子はな、葛飾北斎のところで浮世絵の見習いをしているんだ」

千恵蔵はまるで自分のことのように、誇らしげに言った。ここに来る前に、そのことを伝えてもいいか確かめていた。はじめは親に知らせる必要はないと拒んでいたが、昨夜と同じように親が心配していることを伝えると素直に、「わかりました。そうしてください」と頷いた。

「北斎先生のところに……」

旦那は納得のいくように頷いた。

「知り合いなのか」

千恵蔵がきく。

「ええ。数日前に北斎先生にお会いしましたが、お華のことを何も仰っていませんでしたので」

「あの方なりの配慮なんだろう」

「たしかに、そんな感じの方ですね」

「でも、俺は違う。いくら養女であったとしても、親子であることには変わりねえ。切っても切れねえ仲なんだぞ」

千恵蔵がきつく言った。

「はい」

旦那は小さくなって答える。

「娘のことが心配なくせに、どうして放《ほう》っておいたんだ」

「放っておいたわけではありません」

「違うのか」

「これは、私の不手際というより他にありませんが……」

旦那の口は重かった。お華がいるからだろうか。千恵蔵はあえて、深くはきかなかった。この姿を見れば、旦那がお華のことをちゃんと心配していたことがわかる。

「お華は北斎先生に預かってもらう。それでいいな」

「はい、お華が望むのであれば」

「それから、お華が付き合っている太助っていう男がいるのだが」

千恵蔵が触れた。

「聞いております。深川佐賀町の『足柄屋』の小僧さんだそうで」

「そうだ。まだ十四歳だが、なかなかしっかりしている」

「年のことなど、色々気にかかることはありますが、お華に意見できる程ではありません」

旦那は俯き加減に言った。

「言いたいことがあるなら言った方がいい」

千恵蔵は促した。

「いえ」

旦那は首を横に振ってから、

「親分から見て、その小僧さんはお華とつり合いますでしょうか」

と、実直な目できいた。

「ああ、俺が請け合う」

千恵蔵は堅く言った。

「それを聞いて安心しました」

「あとはふたりで話してくれ。決して、お華を叱るんじゃねえぞ」

「はい。叱られるのは、私の方ですので」

旦那が苦笑いする。

「そうか」

親子の溝がすぐに埋まるとは思えないが、ひとまずこれで大丈夫だと思った。

千恵蔵は「邪魔したな」と、お華を置いて、店を出て行った。


それから、千恵蔵は新太郎の家へ行った。

新太郎の女房がやっている料理屋は相変わらずの繁盛であった。暮れも近いからか、大きな声で騒いでいる商人の姿もあった。

賑《にぎ》やかな表から裏に回り、勝手口から入った。

「新太郎いるか」

千恵蔵は声をかけた。すぐに、二階から新太郎が現れた。

「あ、親分。どうぞ上がって」

新太郎が促す。

「忙しいのにすまねえな。この間のことなんだ」

「あっしもちょっとお伝えしようと思っていたことがあったんです」

千恵蔵を居間に通し、新太郎は徳利《とつくり》と猪口《ちよこ》をふたつ持ってきた。

居間にまで、料理屋の声が聞こえてきた。

ふたりは互いに注《つ》ぎあって、酒を呑《の》みながら、

「お前さんが伝えたいことって？」

と、千恵蔵がきく。

「石松屋のことが少しわかりました。三年前から小日向《こびなた》の茗荷谷町《みようがだにちよう》に店を構えているそうです。ただ、看板も立ててなくて、近所でも『石松屋』のことを知っているひとは少ないようです。それより前のことはまだわかりません」

「茗荷谷にいるんだな」

千恵蔵は確める。

十五年前の愛甲屋は、店はそれほど大きくなかったものの、上等な着物や帯や莨入《たばこ》

れを身に着けていた。

「鯉《こい》の養殖なんて嘘《うそ》八百で、ただ儲け話に乗っかる者を募っているだけですからね。あっしもまだ店は行ったことないですが、普通の商家と同じくらいかもしれませんよ」

「そうか。だが、よく三年もやってこられたな。どこからも苦情が出ていないのか？」

千恵蔵はきいた。

新太郎は一瞬迷ったような顔をしたが、

「石松屋への苦情はまだなんですが、『花見屋』という深川の芸者屋の婆《ばあ》さんが石松屋と同じ鯉の養殖の儲け話で金を集めていたんです。被害にあった者たちからの話では、婆さんの口から石松屋という名前が出ているそうで」

と、話した。

新太郎は確実でないことをあまり話したがらない。長年の仲なので、だから迷ったのだろうとわかった。

「婆さんも石松屋の一味ってことか」

千恵蔵は首を傾《かし》げる。

「どうでしょう。ただ、あっしの勘としては、石松屋がわざわざ婆さんを選ぶとは思えません。下手《へた》を打ったら、すぐにバレちまいますからね」

「一理あるな」

「だから、勝手に名前を使っているのかもしれません」

「でも、鯉の養殖と言っているんだったら、石松屋のこともあながち全く知らないわけではあるめえ」

婆さんが勝手に石松屋の名前を騙《かた》って、他人から金を騙《だま》し取っているのだとしても、石松屋が鯉の養殖で金を集めていることをどこで知ったのだろうか。

自然とふたりは黙って、考え込んだ。

三年間、石松屋からの被害が出ていないということは、なかなかうまくやっているのだ。愛甲屋での失敗があるから、それを生かせているのではないか。無理やり結び付けているだけかもしれないが、そのような気がしてならなかった。

「で、婆さんを捕まえるのか」

千恵蔵は沈黙を破るように言った。

「いえ、まだそこまで至っていません。『花見屋』の女主人の勝駒っていうのが、婆さんの代わりに被害にあった人たちに返済する金を立て替えたそうで」

「全部でいくらなんだ」

「勝駒も教えてくれませんでした。ちゃんと片をつけるので、心配しないでくださいと」

「周囲に知られるのが嫌なんだな」

「それもありますが、もしかしたら、婆さんはまだ何か起こしているかもしれません」

　新太郎が顎に手を遣る。

「どういうことだ」

「勝駒が何か隠しているような感じもするんです。だから、ちょっと気になっていて」

「まあ、お前の勘はこわいくらいに当たるからな」

　お世辞ではなく言った。勘というよりも、むしろ推理している気がする。ただ、新太郎は確固たる証《あかし》が出てくるまでは、はっきりと口にしない。たとえ、千恵蔵に対してもである。だから、あえて勘と言っているだけに過ぎなかった。

「婆さんのことはこれから、さらに調べてみます。それと同時に、石松屋のことも」

　新太郎が酒をぐいと呑んだ。

　その時、ふとあることが脳裏を過った。

千恵蔵は新太郎を改めて見て、

「婆さんも石松屋に騙されているってことはねえか」

「え？」

「十五年前の朝顔のときも、そうだったではないか。騙している本人が、実は誰かに騙されていたってことがな。同じやり方で他人から金を騙し取って、その金をつぎ込んでいた」

「なるほど。その方が納得できますね」

新太郎は頷く。

「婆さんとは話したのか」

「会うには会ったんですが、ずっと謝ってばかりで、なにひとつ答えてくれないんです。借金があって、どうしても金が必要だったと言い訳をするばかりで、肝心の石松屋については何一つ言っていないんですよ」

「おかしいな。そこまでして石松屋との関係を隠してえのか」

千恵蔵が首を傾げる。

「それか、石松屋から何かされるのが恐いとか？」

「たしかに、それもあり得るな」

千恵蔵の頭には、十五年前の橋場の辻斬りの風景が浮かんでいた。

あの時の愛甲屋に対して思ったのは、かなり気が弱いのだろうということだ。だからこそ、不安で仕方がないのだ。それを消すために、人を殺す。今回だったら、『花見屋』の婆さんさえ殺しかねない。

「ちょっと、『花見屋』に行ってみてもいいか」

千恵蔵が立ち上がった。

「今からですか？」

「ああ、ちょっと心配だ」

「なら、あっしも行きます」

新太郎も立ち上がる。

ふたりは新太郎の家を出て、歩き出した。夜というのに、どこからとなく、木の陰から鳥が飛び立って、不穏な音を立てた。

四半刻《しはんとき》も経《た》たないうちに、ふたりは深川の『花見屋』に到着した。この近所でも、近くの呑み屋からは賑やかな声が聞こえる。

『花見屋』の表の戸は閉まっていた。裏口から入り、声をかけると細身の中年の男が出てきた。

「勝駒の亭主です」

新太郎が耳打ちをした。

亭主は驚いたように、

「さっきのことで、まだ何かありますでしょうか」

と、新太郎に不安そうにきいてきた。

「婆さんに確かめたいことがある」

千恵蔵は言ってから、

「いや、心配なことがあるんだ」

と、言い直した。

亭主の顔が余計にひきつる。

「すぐに呼んできます」

亭主が一度奥に戻り、すぐに婆さんを引き連れて戻ってきた。婆さんは俯いたまま、ふたりをちゃんと見ようとはしなかった。

「婆さん」

千恵蔵が呼びかけた。

「はい」

返事も俯いたままであった。

「婆さん」

千恵蔵はもう一度呼びかけた。それでも、同じであった。

「新太郎から色々と聞いたが、もしかして、お前さんも石松屋に騙されているんじゃねえのか」

重たい声で、問い詰める。

「いえ、まさか」

婆さんの声は微《かす》かに震えていた。

「どうして石松屋が鯉の養殖をしているって知っているんだ」

千恵蔵はさらにきいた。

「……」

婆さんは口を動かしていたが、言葉にならなかった。

「石松屋がお前さんに頼んだとも思えねえ。騙されているんだろう」

「いえ」

「他人から騙しとった金はどうした」

「新太郎親分に言ったように、自分の借金を返すために……」

「借金はいくらあったんだ」

「それは……」

婆さんは口ごもる。

「他人から騙し取った金はいくらだ」

「……」

「その金が全部、石松屋に渡ったんじゃねえのか」

「……」

婆さんは答えなかった。

「親分たちがここまで言っているんだ。正直にならないといけないよ」

亭主が口を挟んだ。俯いている婆さんを睨みつける。

「どういうことだ」

千恵蔵は亭主に顔を向けてきいた。

「この婆さんはうちの手文庫から三十両の金を盗んだんだ。それを亭主の薬代なりにかかった借金に当てたんだろう。だが、お前さんは方々から二十両を集めている」

亭主は婆さんを見た。

「二十両も？」

千恵蔵と、新太郎の声が重なった。

婆さんは何を思っているのか、深くため息をついた。

「他にも借金があったのか」

千恵蔵が婆さんにきく。

「いえ」

婆さんは首を横に振った。

「あるなら、あると言ってくれ」

亭主が再び口を挟む。

その時、奥から勝駒がやって来た。

「どうなさったんです？」

勝駒がきく。

新太郎が千恵蔵を見る。

千恵蔵が頷くと、新太郎が口を開いた。

「さっきの件です。いまきくと、婆さんはそちらの手文庫から三十両も盗んでいるそうじゃないですか。それに、他人から騙し取ったのは二十両だなんて」

「そうでしたか。黙っていて申し訳ございません。こちらで片付けることだと思っていますので」

勝駒は腰は低いながらも、凛として言った。

「いえ、そうじゃねえんだよ。石松屋からの被害を受けたと言っている者はいねえのに、婆さんからの被害はある。もし、婆さんが勝手に石松屋の名前を騙っていたとしたら、それはそれで問題だ。石松屋の手先だったら、それも放っておけねえ。でも、婆さんが石松屋から騙されているんじゃねえかと思ったんだ。だとしたら、石松屋から何かされるのを恐れて答えないんじゃないかと思って。石松屋が婆さんの命を狙うことだってありえなくはない」

千恵蔵の言葉には自然と力がこもっていた。そのせいか、婆さんは怯《おび》えた顔になった。

勝駒は眉間《みけん》に深い皺《しわ》を寄せた。

「ちゃんと、話した方がいいんじゃないか？」

亭主が勝駒に様子を窺《うかが》うようにきいた。

勝駒は亭主の方を一瞬見てから、こっちに顔を戻した。

「私が聞いた限りでは婆さんも石松屋から騙されています」

勝駒は認めた。

婆さんは小さく頷いていた。

「やはりな。具体的に、石松屋とのやり取りを教えてくれ」

千恵蔵が問い詰めた。

「はい」

婆さんがようやく声を出して、

「元々借金があることはさっき新太郎親分に話した通りです。それを返すために、どこかで金をつくらないといけないと思い、この仕事が空いた時に出来ることはないかと探していたんです。すると、知り合い伝《づて》に楽に儲かる話があると誘われたんです。それが、石松屋の錦鯉の養殖だったんです」

と、白状した。

「いくら金を出したんだ」

千恵蔵がきく。

「初めは一両でした。それも勝駒姐さんに借りたんです」

「すぐにその金はなくなったのか？」

「いえ、それがひと月もしないうちに二両に増えたんです。さらに次の月には四両に増えていました」

「それで、儲かると過信したんだな」

「はい、愚かでした。その四両はすぐになくなってしまいました。その時に、石松屋から時期の関係で、来月になったら鯉が高く売れると言われました。その分、質のいい鯉が求められるから、もっと大きな額を出してもらわないといけないと」

「よくある手口だな」

千恵蔵が相槌《あいづち》を打つ。

婆さんはため息をついてから、また話し始めた。

「それで、向こうが三十両を払ってくれと。そしたら、翌月には六十両に化けると仰っていたんです」

「その三十両っていうのが、手文庫から盗んだやつか」

千恵蔵が確かめた。

「はい。ひと月だったら、何とかなるだろうと思っていました。翌月に六十両に増えれば、なくなった三十両はどこからか出てきましたと言えばいいだろうと」

「でも、その三十両も消えちまったんだな」

「はい……」

婆さんは項垂《うなだ》れながら答え、

「それから、他人の金を集めて儲け話に乗っかろうと考えつきました」

と、言った。

「いくら集めた？」

「十両です」

「よくも十両も集められたな。錦鯉の養殖と言っただけで、そんなに食い付くものなのか」

千恵蔵が首を傾げる。

「楽に金を増やそうと思っている人が多いんだと思います」

婆さんの声が少し小さくなり、俯き加減に答えた。

目が泳いでいる。

まだ何か隠していると思ったとき、

「婆さん」

横から新太郎が言った。

婆さんはびくりとして、新太郎を見る。

「正直に言いなさい。何を隠しているんだい」

新太郎がきつい目で睨みつける。

「え、本当のことを喋《しゃべ》っています」

婆さんが答える。

「いや、何か隠している」

千恵蔵が言った。

勝駒がため息をつき、

「前にも言ったじゃないかえ。次から次へと嘘はバレるのだから、全《すべ》て正直に話しなさいって」

と、呆れたように言う。

「わかりました……」

婆さんは震えた声で、

「実は、勝栄さんの名前を使っていました」

と、答えた。

「勝栄って、あの芳町の？」

千恵蔵はきき返した。

「はい。元々、うちの芸者でしたから。あの子の名前を使えば、金を出す客は多くいるんです」

婆さんが答える。勝駒の顔に怒りが滲《にじ》んでいた。しかし、なんとか抑えているようであった。

「そんなに勝栄は人気だったのか」

千恵蔵はきく。

「ええ、それは……」

「でも、騙された客たちも、よく勝栄の名前を出したことを黙っていたな」

「きっと意地があるからでしょう」

勝駒が口を挟み、さらに続ける。

「勝栄の性格はちょっと男勝りなところがあって、通っている客はなかなか意地っ張りな人が多いんです。だから、勝栄の名前にほだされて、金を出したなんて言えないのでしょうね」

「なるほどな。その十両の金は石松屋に渡ったのか」

「いいえ。まだ」

「その金は手元においていたのか」

「佐賀町に『足柄屋』というところがありまして、そこの小僧さんに預かってもらっていたんです」

　勝駒が婆さんを横目で見ながら答える。

「太助にだな」

　千恵蔵は思わず大きな声が出た。

「ご存じなのですか」

　勝駒がきく。

「ああ、よく知っている」

　千恵蔵は頷き、

「どうして、子どもに十両もの金を預けていたんだ」

と、問い詰めた。

「それは……」

　婆さんは口ごもる。

「どうせ話すことになるんだぞ」

「はい」

「どうしてなんだ」

　千恵蔵が促す。

「私が持っていて姐《ねえ》さんか旦那に見つかったら困るので。太助に預けるのが一番都合がよかったんです。まだ子どもですし、金を持ち逃げされる心配はないと思ったからです。それに、太助ならうまく言いくるめられるだろうと思って……」

「まったく、困った婆さんだ」

千恵蔵は呆《あき》れた。

「『足柄屋』の与四郎さんが神棚に隠してあった十両を見つけ、婆さんに返しにきました」

「その十両は今もっているのか」

「いえ、姐さんに」

婆さんは横目で勝駒を見た。

「私が預かっています」

勝駒が言う。

「そうか。で、今は金を集めちゃいないんだな」

「いません」

婆さんは俯いて答える。

「まあ、やってしまったことは仕方がない。それより、石松屋について何か詳しいことを知っているか」

「いえ、まったく知りません。そもそも石松屋の旦那とは会ったこともありません」

「会ったことがないだと？」

「いつも、番頭が代わりに……」

「番頭はどんな奴なんだ」

「三十そこそこの男で、愛想はないですが、なかなか口の達者な方です。三年前に江戸にやって来たということしかわかりません。ただ、私と似たような訛《なま》りがありますので、水戸《みと》とかそっちの方の出だと思います」

「そうか。石松屋は姿を現さないんだな」

千恵蔵は独り言のように言った。石松屋が愛甲屋だとしたら、十五年前のことがあるから、用心しているのだろう。

「これから、その番頭と会うことはあるのか」

「はい、三日後に会うことになっています」

「なんで会うんだ」

「この間、十両を渡せなかったので」

「相手は怒っているのか」

「どうでしょう。でも、また新たな儲け話を持ちかけてきたんです」

婆さんは答える。

「またそんなのに手を出すつもりじゃないでしょうね」

勝駒が怒ったように、口を挟む。

「そんなことはしません。もう懲りていますから。ただ、向こうがしつこくて、断るに断れなかったんです」

婆さんが勝駒に言い返す。その言葉が本当なのかどうかがわからない。

「その時には、同行させてくれ」

千恵蔵はそう取り決めて、『花見屋』を後にした。

困った婆さんだと呟き、千恵蔵は新太郎とともに佐賀町に向かった。

三

暮れ六つより四半刻ほど早い時分であった。

与四郎は商売を終えて佐賀町の『足柄屋』に帰ってくると、店の間に千恵蔵の姿があった。太助と小里はいなかった。

「親分」

与四郎は後ろから声をかける。

「おう」

千恵蔵は振り向いた。

「すみません。お待たせしているようですね」

ふたりはどこに行ったのだと思っていると、

「小里と太助はふたりで頼まれた品物を届けに行った。俺が留守番しているから行ってこいと」

「親分に留守番ですか」

与四郎は恐縮しながら千恵蔵を客間に通した。

「今日は荷売りに行っていたんだな」

千恵蔵はきいた。

「ええ、ちょっと寄ろうと思っていたところがありまして」

「そうか。お前も忙しいな」

「年末ですので、必要としてくれるお客さまがいらっしゃるんです。ありがたいことです」

与四郎は言った。

「お華のことは無事に話がついたそうで」

太助から聞いたのだ。

「ああ。それより、『花見屋』の婆さんが太助に預けた十両のことだが、その金はあの婆さんが他人から鯉の養殖で儲かるからと騙しとった金だ。しかも、勝栄の名前を勝手に使ってたんだ」

「え、勝栄さんの名前を勝手に？」

与四郎はきき返して、

「もしかして、そういうこともあったので、勝栄さんは『花見屋』から離れたのでしょうか……」

と、呟いた。

「わからねえが、ともかく婆さんは三日後に石松屋の番頭と会うらしい。この間、太助が持っていた十両は石松屋に渡す金だったんだ」

千恵蔵は言う。

「でも、危なくないですかね」

「石松屋に何かされるんじゃねえかってことだろう」

「ええ」

「俺もこっそり付いていく。だが、石松屋は婆さんの前には姿を現したことがなくて、いつも番頭がやってくるそうだ」

「石松屋はかなり警戒しているんですかね」

与四郎は不安そうな顔をした。

「だろうな」

「石松屋が愛甲屋だということはほぼ間違いないんですか？」

「ああ。勘でしかないが、間違いないはずだ」

千恵蔵が強く言った。

「親分は番頭をとっ捕まえて問い詰めるおつもりで？」

与四郎はきいた。

「そんなことをしても、向こうだってそれなりの肝っ玉でやっているだろう。容易に白状しないことはわかってる」

「では、どうやって……」

「それはまだ考えていない。だが、その番頭にしても、そのうち石松屋と会うだろう。その時まで、様子を見ているか……」

千恵蔵は腕を組みながら、ぶつぶつと呟いていた。

「親分」

与四郎が改まった声で言う。

千恵蔵が目を向ける。

「もし、石松屋が愛甲屋であれば、それは太助の父親でもあります。太助はもう父親が死んでいるものと思っているでしょうが、勘の鋭いあの子のことですから、何か感づいているかもしれません」

「考え過ぎだろう」

千恵蔵は首を横に振った。

「いえ、太助も何か煮え切らないところがあるので、きっと腹の中で思っていることはあると思います」

与四郎が答えた。

「じゃあ、俺はそろそろ」

「小里は遅いな」

与四郎は気を揉《も》んだ。

「いや、気にするな」

千恵蔵が引き上げてすぐ小里と太助が帰ってきた。

「あら、親分さんは？」

「たった今、帰った」

「そうですか」

小里は落胆したように言った。


それから、一刻程経って、与四郎は横瀬に会いに行った。

土間に足を踏み入れると、横瀬は傘張りをしていた。

「いまお邪魔じゃないですか」

与四郎は声をかけた。

「なに、ただの内職だ」

横瀬は手を止めて、

「もし酒でも呑むなら、そこから徳利と猪口を持ってきて、勝手にやってくれ」

と、台所を指した。

「もし横瀬さまが呑むのであれば」

与四郎は答えるが、

「いや、もう俺は酒を避けているんだ」

「この間の事があったからですか」

「ああ。まさか、あんなに酔って正体を失《な》くすとは思ってもいなかった」

横瀬は苦笑いする。

与四郎は四畳半に上がった。横瀬が傘や張地をどける。正面に腰をおろし、向かい合った。

「そもそも、どうして、そんなにお呑みになられたんですか」

与四郎はきいた。

「あの日は命日だったんだ」

「命日？」

「太助の育ての母親の命日だ」

横瀬の声は深かった。

たしかに、あの日が命日であった。毎年母親の命日になると、太助が近くの曹洞《そうとう》宗《しゅう》の寺に線香を上げに行くのを知っていた。江戸には墓はないが、母親の墓が藤沢村の曹洞宗の寺にあるそうだ。

「横瀬さまは、どうしてそれを？」

与四郎は不思議に思ってきいた。

「話せば長くなるが……」

横瀬は前置きをしてから、

「お前さんも知っていると思うが、あいつの母親はお喜代《きよ》という。三年前に三十四歳で亡くなった。いまから二十年ほど前に、俺はお喜代と好い仲だったんだ」

と、言いにくそうに答えた。

「え？　横瀬さまが太助の母親と？」

「ああ」

「お華さんは今十九ですよね」

「そうだ」

「お華さんの母親というのは？」

与四郎はきいた。

「お喜代と別れてから、すぐにお華の母親と結納をした。こんなことはお華には言えないが、俺は愛情よりも、出世の道を取ったんだ」

低い声で答えた。

それから、神妙な面持ちで詳しく話し始めた。

横瀬家は祖父の代で侍になったそうで、それまでは信州松代《まつしろ》の百姓だったそうだ。父親は能力がありながらも、病弱のために出世することができなかった。横瀬は父親の遺志を継ぎ、出世をしたいと企んでいたが、戦のない時代に、そう容易《たやす》く出世できるものではなかった。それでも、横瀬は剣術だけではなく、算術などの様々な学問を必死に学んでいた。そんなときに出会ったのが、お喜代であった。

お喜代とは二年あまりの間、親しくしていた。芸者である姉とも会い、気に入られていた。さらに、お喜代とは所帯を持つ約束もしていた。

しかし、父が死んだ。父の望みは横瀬の出世であった。そんなときに、真田家の側《そば》用人《ようにん》の娘との縁談が持ち上がった。

横瀬はどちらを取るのか迷った。

そして、横瀬は側用人の娘を選んだ。

「それが間違いだと気づいたのはだいぶ後になってからだ」

横瀬は悔いるように言い、

「お華さんの母親は側用人の娘？」

「そうだ」

「側用人の娘とは何があったのですか」

「俺を亭主とも思わぬ。実家の格式を鼻にかけ、俺を召使扱いだった。それに、自分が産んだ娘に愛情の欠片《かけら》もない。嫁いで一年目に他に男が出来た。それからいろいろあって、俺は理不尽にも藩を辞さざるを得なくなった。妻と離縁し、俺はお華を連れて真田家を出た。いや、出させられたんだ、あの側用人の父親に」

横瀬はため息をつき、

「浪人の身でお華を育てて行くのは無理で、縁があって日本橋の大店に養女に出すことにした。ただ、月に一度は会うことが許された」

「そうでしたか」

「ともかく、お喜代には酷《ひど》いことをした。お喜代は俺と別れた後に、すぐ藤沢村に戻ったんだ。もう江戸にいたくなかったんだろう」

と、横瀬はやりきれないように言った。

「でも、全てが横瀬さまのせいではないでしょう」

「それはわからぬ。だが、俺が見捨てなければ……」

横瀬が思い詰めたように言う。

「でも、お喜代さんは、太助の実の母親ではないのですよね」

「ああ」

「実の母親というのは芸者だと？」

「そうだ」

「どなたなんですか」

「元は吉原芸者だった勝栄だ」

横瀬が答える。

「吉原の後は、深川へ行った勝栄さんですか」

与四郎はやはりそうだったかと思いながら念を押す。

「そうだ。勝栄を知っているんだな」

「はい。お得意さまでございます」

与四郎はまじまじと横瀬の顔を見て、

「太助の実の母親というのは勝栄さんなのですか」

と、確かめた。

「ああ」

横瀬は短く答える。

「太助は勝栄さんと、愛甲屋三九郎との間に出来た子ども……」

与四郎は呟いた。

「そうだ」

横瀬は頷く。

「吉原に遊びに来ていた愛甲屋と親しくなって子までなした」

「勝栄さんはどうして、自分の子どもを育てなかったんですかね」

「俺も聞いたことがあるが、教えてくれなかった。いや、勝栄は自分には子どもがいないと常に言い張っている。子どもを産むために吉原芸者を辞めて日暮里《につぽり》の方で暮らしていたんだ」

「どうして、それを」

「お喜代には悪いという気持ちがあったから、せめて勝栄の世話はしようと思っていたのだ」

「では、太助が生まれるのを横瀬さまがお手伝いなさっていたというわけですか」

「さすがに、産婆のようなことはできぬが、色々と面倒を見させてもらった」

横瀬は謙虚に答えた。

「太助はすぐに藤沢村のお喜代さんのところに出されたのですか」

「そうだ。勝栄は一度抱いただけで、すぐにお喜代に太助を渡したんだ」

「愛着は感じなかったんでしょうか」

「勝栄のことだ。口には出すまい。だが、どこか暗い表情をしていたのが、いまもこの目に焼き付いている」

横瀬は虚空を見つめながら、振り返った。

「勝栄が太助を抱いたのは、一度きりなんですね」

与四郎は確かめた。

「ああ」

横瀬は頷く。

実の母親だったら、手放すのがどんなに辛いことだろうか。きっと、想像するよりも遥かに心が苦しいのだろう。与四郎はいたたまれなくなった。

「愛甲屋も子どものことは何も？」

「身籠もってから、愛甲屋は勝栄に寄りつかなかったそうだ。詐欺を働いていたこともわかり、勝栄は絶望していた」

「愛甲屋がいけないんですね」

与四郎は勝手に思った。

「そうに違いない。勝栄のことだから、自分の為ではなく、太助のためにそうしたのだろう」

横瀬はしんみりと答えた。

少しの間、沈黙が流れた。

「だから、俺にとっては、太助のことはただお華の好い人というだけではないのだ。お華が太助と好い仲であることを口にした時には、どんなに驚いたことか」

「横瀬さまは酔ったふりをして、様子を見に来たのでは？」

与四郎は急に思いついてきいた。

「……」

横瀬は答えない。

「それで、わざと十五年前のことを探らせようと思ったのではないでしょうか。今回の石松屋の件も含めて」

与四郎が決め込む。

「考えすぎだ」

横瀬は小さな声で答えた。

「しかし、全てが偶々《たまたま》ということはあるのでしょうか」

「偶然そうなったっておかしくはない。世の中には、もっと不思議なことは沢山あるのだ」

「ですが……」

与四郎は言い返そうと思ったが、横瀬は正直に答えてくれるようには思えなかった。

このことは、太助に伝えてもよいのだろうか。

勘の鋭い太助のことだから、何かしら気がついているのかもしれない。しかし、今まで育ててくれた母親の他に、実の母親がいるとわかったら、何を思うのだろう。

横瀬の長屋からの帰り道、ふと与四郎は気がついたことがあった。横瀬は与四郎が太助にほんとうのことを伝えてくれることを願っているのではないか。


与四郎は『足柄屋』へ戻った。

二階の太助の部屋へ上がった。声をかけて襖《ふすま》を開けると、太助は本を読んでいた。

「新しい人情本か」

与四郎はきく。

「いえ、これは中国の歴史書です」

「よくそんな難しそうなものを読めるな」

「お華さんに教えてもらったんです。こういう本も読んで、学ばないといけないと思いまして」

「さすが、良家の娘だ」

与四郎はそう言ってから、

「今、横瀬さまと会ってきた」

と、言った。

実の母親が勝栄だと聞かされたことを伝えようかと悩んだ。

太助の繊細な性格からして、引きずってしまうかもしれない。事実を知っておくことと、知らずに過ごすこと、どちらが今の太助にとって必要なのか。この際になっても決めるのが難しい。

「何か、大事なお話が？」

太助は窺うような顔を向けた。

与四郎は太助を改めて見る。純粋で、意欲に満ちたようないい目をしている。

咳払いをしてから、

「お前は実の父親のことを知っているか」

と、きいた。

「いいえ」

「知りたいか」

「いいえ、知りたくありません」

「どうしてだ」

与四郎は落ち着いた声できいた。

「昔から父はいないものだと思って育ってきましたから」

「そうか。でも、おっ母さんも亡くなって、お父つあんもいないんだと寂しくはないか」

「いいえ。おっ母さんは死んだといっても、私の心の中にはずっと生き続けているんですよ」

太助は複雑な顔で答えた。

「おっ母さんの姉御が江戸にいると言っていたな」

「はい。芸者の」

「その姉御にも会いたいと思わないのか」

「今さら会ったところで……」

太助はわずかに首を傾げ、

「どうして、そんなことを？」

と、きき返してきた。

「ただ気になっただけだ」

与四郎は、はっきりと答えなかった。

「そうですか」

太助も深くきいてくることはなかったが、何かを考えている目つきをしていた。

四

翌日、千恵蔵は茗荷谷まで行った。

自身番で『石松屋』のことを訊ねてみたが、「さあ、知りません」と首を傾げられた。「鯉の養殖をしているそうだ」

「あ、もしかして、あそこかもしれませんね。ここを出て真っすぐ行ったところに湯《ゆ》屋《や》があります。その裏手に、大きな二階建ての家があります。看板も出ていませんが、前にそこの家の主と話したときに、鯉の養殖をやっていると言っていました」

「家の主？　どんな人だったんだ」

「そんなに年がいっているわけではないですよ。三十くらいですかね」

新太郎が言っていた番頭かもしれないと思った。

「その男以外には見ていねえのか」

「あまり見かけないですね」

家主は興味なさそうに答えた。

千恵蔵は自分の目で見てみないとわからないと思い、自身番を出て、言われた通りに湯屋《ゆや》の裏手へ進んだ。

看板こそ出ていないものの、地面に引きずるほどの紺色の長い暖簾《のれん》がかけられていた。中が見えないのがなんとなく妙に感じた。

千恵蔵は長暖簾をくぐった。

土間に足を踏み入れ、奥に向かって声をあげる。すぐに衝立《ついたて》の向こうから三十過ぎの男が出てきた。商人の身なりをしているが、どことなく、遊び人風にも見えた。

「へい、なんでしょう」

男が低い声で、疑うような目つきを向ける。

「旦那はいるか」

千恵蔵がきく。

「いえ、いまは出かけております」

「いつ戻るんだ」

「しばらくは帰ってきません」

「しばらくというと？」

「いま信州まで買い付けに行っておりますので」

「お前さんは留守を預かっているのか」

「左様で」

「ここの番頭か」

「まあ、そんなような者でございます」

「そんなようなって、随分いい加減だな」

千恵蔵が言うと、男は不機嫌そうになった。

「ご用件は？」

「ちょっと、旦那と話したかったんだ」

「私が代わりに伺いましょう」

「だが、どっちにしろ、旦那が帰ってこなけりゃ、話をすることも出来ねえんだろう。だったら、また改めて来る」

「では、お名前だけでも」

「今戸の千恵蔵だ」

「何かご商売を？」

「それだけ言えば伝わるはずだ」

「お知り合いなので？」

「ああ」

千恵蔵は短く返事をした。男はますます疑わしい目つきをする。

「お前さん、どこかで見たことのある顔だな」

千恵蔵は鎌をかけた。

「他人の空似では？」

「いや、たしかにお前さんだ。黒子《ほくろ》と傷の場所がそうだ」

「どちらで見たのですか」

男は不審そうな顔をした。

「さあ、あれは賭場《とば》だったのか。それとも、殺しの探索をしているときか」

千恵蔵が言うと、男は固唾《かたず》を呑んだ。

「岡っ引きの親分さんで？」

「そんなところだ」

千恵蔵はあえて否定せず、

「ちょっと、旦那のことを教えてくれ」

と、続けた。

「教えるといっても……」

男は厳しい顔をした。

「旦那はどこの生まれだ」

「生まれは信州のようです」

「それで三年前に江戸に出てきたのか」

「そのようです」

「妙な口ぶりだな。お前さんも一緒に江戸に出てきたんじゃねえのか」

「あっしは日光《にっこう》で土産物屋《みやげものや》をしていたのですが、三年前に江戸に出てきたんです。旦那とは千住宿で出会いました」

「千住で……」

「それよりも前の石松屋については知らねえのか」

「わかりません」

番頭の目が泳いだ。

「本当のことを言え」

千恵蔵の声が低くなる。

「本当のことですよ。旦那のことは知りませんから」

それでも、番頭は否定した。

「いいか。お前らのやっていることは決して見過ごせるものじゃねえ。もう婆さんは全てを白状した。お前は石松屋、いや愛甲屋三九郎と牢《ろう》屋敷にぶち込まれてえのか」

千恵蔵が気迫のあふれる声で、半ば脅すように言い放った。

「……」

番頭は顔をしかめ、どこか遠くの一点を見つめていた。

「おい。すべてネタが上がっているんだ。今さら隠し立てするとためにならねえぞ」

千恵蔵が野太い声で促す。

「へえ」

番頭は俯いた。

「じゃあ、正直に話すな」

「はい」

「石松屋は愛甲屋三九郎で間違いないな」

「そうです。元はそう名乗っていました。あっしはまだ愛甲屋と名乗っている頃には、一緒に仕事をしていませんでしたが……」

「金を騙し取るのが仕事だと？」

千恵蔵が鼻で嗤《わら》う。

「すみません」

番頭は軽く頭を下げ、

「ともかく、あっしにも『花見屋』の婆さんと似たような事情で借金があったんです。それで、旦那についていけば、金に困ることはねえだろうって思って……」

「それからの付き合いなんだな」

「そうです。でも、あっしはただ旦那の言いなりになっていただけなんです」

番頭は認めた。

すかさず、

「三九郎はほんとうに信州に行っているのか」

と、千恵蔵は問い詰めた。

「いえ、ひとにきかれたら、そう言えと」

「どこにいるのだ？」

「女のところです」

「妾《めかけ》か」

「後家さんといい仲になったようで」

「どこだ？」

矢継ぎ早にきいた。

「本郷菊坂町《ほんごうきくざかまち》のようです」

「間違いないな」

「はい」

じっくりと、目を見た。嘘をついているようには見えなかった。それに、すぐに白状してしまうので、嘘をつけるほどの役者でもなさそうだ。

「お前の話を信じるとしよう。ともかく、すぐにこの商売から足を洗うんだ」

千恵蔵は言い聞かせた。

「はい」

番頭は小さく頷いた。

それから、いったん今戸に帰り、新太郎とともに本郷菊坂町に向かった。

五

翌日の明け六つ。

昨夜来の雨が弱まってきたと思いきや、風が強くなってきた。『足柄屋』の近くの道端の柳は今にも倒れんばかりに、大きく揺れていた。道行く人も多くはなかった。時が経つにつれて、段々と雨脚も強まった。

朝から客はひとりも来なかった。

与四郎や小里は、こんな日もあると半ば諦めていた。こんな日には、荷売りに出たところで、客を捕まえられるわけがないとふたりは言っていたが、

「こういう日だからこそ、行きたいと思うんです。紀伊国屋文左衛門《きのくにやぶんざえもん》だって、嵐《あらし》の日にみかんを紀州《きしゅう》から江戸に運んだっていうんで、財をなしたんですよね」

と、太助は言い返した。

先日、与四郎から父親のことをきかれた。知らないし、知りたくもないと答えたが、じつはお華から聞いていた。愛甲屋という男だと。お華は実父の横瀬から聞いたという。そして、母親は……。

「ぜひ、行かせてください」

太助は頼んだ。

「でも、この様子だと、これからもっと天気が悪くなりますよ。止《よ》した方がいいに決まっています」

小里は決まりきったかのように、反対した。

だが、与四郎は太助の顔を見てから、

「まあ、でもこいつが行きたいと言っているんだ。行かせてやってみてもいいだろう」

と、許を出した。

「危ないではありませんか」

小里が心配するが、

「お内儀《かみ》さん。私のことはお気になさらずに」

と、太助は平然と言い返した。

「そうじゃないよ。こんな雨のなか、商売に行ってみな。箱にまで染み込んで、商品が濡《ぬ》れてしまうじゃないかえ」

「濡れないように気を付けますので」

太助は小里の顔を窺う。

「行かせてみてやってもいいいんじゃないか」

与四郎は庇《かば》うようにもう一度言う。

「まあ、そう言うなら構わないですけど」

小里は与四郎に答えてから、

「売り物を濡らすようなことは、決してないように。お前さんが思っているよりも、小間物っていうのは繊細なんだよ。わかっているね」

と、強い口調で太助に言い聞かせた。

「はい、心得ています。雨避けに、油紙を二重に巻いて行きます」

太助は答えた。

太助は商品のことを口実にしているが、内心では、口にしたように紀伊国屋文左衛門を真似《まね》したわけではない。ただ外に出て、会いたい者がいる。

与四郎は特に理由をきくこともなく、あっさりと許してくれた。

笠と合羽を身に着けて、店を出た。

雨はどんどん強くなってくる。

そのまま、真っすぐ芳町へ向かった。

道がぬかるんで、足を取られる。いつもより少し余分にかかった。

ずぶ濡れになりながら、『菊暦』の裏手まで来ると、雨にかき消されないような大きな売り声をかけた。

すぐには出てこなかったが、何度か繰り返していると、二階の窓から勝栄が顔を出した。

「太助じゃないかえ。こんな雨なのに」

「ええ、こういう時だからこそと思いまして」

「まったく、風邪《かぜ》でも引いたらどうするのさ。ともかく、うちの裏口まで来なさい」

勝栄が指示した。

「へい」

太助は従った。

裏口を入ると、手ぬぐいを持った勝栄が立っていた。

「さあ、これで拭《ふ》いて」

勝栄は手ぬぐいを渡してきた。

太助は顔を拭きながら、

「今日は何かお求めにならないですか」

「せっかく、来てもらったし、白粉《おしろい》と紅をもらおうかしら」

「へい、ありがとうございます」

太助は二重に巻いた油紙を解《ほど》いて、箱の中からふたつ取り出した。雨は箱に染み込んでいなかった。

商品を渡して、勘定を済ませると、

「あの……」

と、呼びかけた。

「なんだね」

勝栄がやさしげな目をくれる。

「あの、私にはお華さんという好い仲のひとがいるんです。日本橋の大店の娘ですが、養女で、実の父親は横瀬左馬之助さまというご浪人です。元は真田家に仕えていました」

太助は言った。

勝栄は顔をわずかにぴくりと動かしたが、黙っていた。

太助は続けた。

「お華さんから聞いたのですが、横瀬さまが言うには、私の父親というのは愛甲屋三九郎という人だそうで」

「……」

「それで、その愛甲屋とある芸者との間に生まれた子どもが私なんだそうです」

「そんなことあるかえ」

勝栄は興味なさそうに言う。初めてみるような複雑な目つきであった。

太助は何度か言葉を溜めてから、

「その芸者は生まれたばかりの子を自分の妹に預けたそうです。それが、私が実のおっかさんだと思っていたお喜代です」

太助は口にしてから、

「勝栄さんはお喜代のお姉さんなのですね」

と、確かめた。

「……」

「そうなんですね。勝栄さんこそ、私の実のおっ母さんなんでしょうか」

と、思い切ってきいた。

「馬鹿なこと言うんじゃないよ。与四郎さんがそんなことを言ったのかい」

勝栄はあわてて言う。

「いいえ、旦那に聞いても答えてくれなかったら、ここにやって来たんです。そんなことを耳にしたものですから」

勝栄はため息をついてから、

「いいかい。与四郎さんが答えなかったのは、あまりに馬鹿々々しいからさ」

と、言った。

「でも、私のおっ母さんの姉御が、勝栄さんだというのは？」

太助は縋《すが》るような目できいた。

「それは……、本当さ」

勝栄が小さく答えた。

「じゃあ、私たちは血が繋《つな》がっているんですね」

「……」

「私は勝栄さんとはどうしても他人とは思えなかったんです。でも、親戚《しんせき》だとしたら、まだわかります」

太助は眉間に皺を寄せながら、複雑な表情をした。

「まあ、そうだね。あたしの甥ってことになるんだね」

勝栄は太助を直視していなかった。目の奥がひっそりと濡れているようにも見えた。

太助が覗き込むように見ていると、

「それだけを言いに来たのかえ」

勝栄は顔をわずかに背けた。

「はい。気になりましたので」

太助が真っすぐな目で答える。

「お前さんの父親っていうのは、愛甲屋三九郎なんていうろくでなしじゃないよ」

勝栄は言った。

「誰なんです？」

「言ってもわからないだろう」

「名前だけでも知りたいんです。おっ母さんも教えてくれませんでした」

「知ったところで何になるんだい」

「ただ知りたいだけです」

「また今度話そう。ちょっと、これから支度に入らなきゃいけないからね。すまないけど、帰っておくれ」

勝栄は素っ気なく言った。

「教えてください」

太助は引き下がらなかった。

「ごめんよ」

勝栄は振り帰って、奥に下がって行った。明らかに、いつもと様子が違っていた。振り返ることもなかった。だが、廊下を曲がる瞬間に微《かす》かに目元を手の甲で拭《ぬぐ》っていたのが見えた。

「お邪魔しました」

太助は声をかけて、『菊暦』を後にした。

外は変わらず雨だ。だが、少し弱まっていた。

太助は吹っ切れたように歩き出した。


十二月十五日に富岡八幡宮《とみがおかはちまんぐう》に立った年の市で、御神酒徳利《おみきどっくり》や注連縄《しめなわ》、鏡餅《かがみもち》の台などの正月に必要なものは買ってある。餅も二十七日の夜に、隣の下駄屋が餅つきをするので、与四郎と太助も加わって『足柄屋』の分もついてもらうことになっていた。

そんなあわただしい年の瀬、店を閉めるころに千恵蔵が訪ねてきた。

「忙しいかえ」

「とんでもない。店を閉めたところです。どうぞ、お上がりを」

与四郎は勧めた。

「親分さん。どうぞ」

小里も出てきて言う。

「すまねえ」

千恵蔵を居間に通した。

「太助は？」

「ええ、お客さんに届け物があって、まだ帰っていません」

「そうか。ちょうどいい」

千恵蔵は頷き、

「忙しいだろうから手短に言う。愛甲屋を捕まえた」

「ほんとうですかえ」

「うむ。錦鯉の養殖なんて嘘っぱちだ。品評会で一等をとったことがあるなど、嘘を並べて金を集めていた。その片棒を担がされていたのが『花見屋』の婆さんだ」

「あの婆さんも罪になるんですか」

「いや、婆さんは本気で儲かると思って金を集めていたようだ。集めた金も返したようだし、なんとかお目溢《めこぼ》しをしてもらえるだろう」

「そうですか」

「愛甲屋は十五年前は朝顔の栽培ということで詐欺を働いていた。これに横瀬さんはひっかかって金をとられたそうだ」

「それで愛甲屋を捜していたんですね」

「どうも酔っぱらって間違って夜中にここを訪ねたのではなく、最初から計算してわざとやってきたように思える」

千恵蔵は苦笑した。

「私もそう思っています。太助のことで」

「いや、横瀬さんは『花見屋』の婆さんが錦鯉の養殖の儲け話で金を集めていると耳にし、婆さんと親しいおまえさんに目をつけたのだ。婆さんの背後に、愛甲屋がいると睨んでな」

「なるほど」

そういうことだったかもしれないと、与四郎は思った。

「ところで、愛甲屋のことですが」

「太助のことだな?」

「ええ」

「知らないと言っていた。昔、付き合った芸者が身籠《みご》もったらしいが、その後のことは知らないし、興味もないと」

「そうですか」

与四郎は怒りが込み上げてきた。

そんな男が父親だと知られたくないので、勝栄は妹の喜代に太助を託したのではないか。勝栄といっしょに暮らせば、いつか愛甲屋のことが太助の耳に入る恐れがある。勝栄が急に『花見屋』をやめたのは横瀬が愛甲屋を捜すためにうろつきはじめたからかもしれない。太助のことを知っている横瀬から逃れるために芳町に……。すべて太助のために。

それまで、勝栄は我が子と知りつつ太助と他人行儀に接してきたのだ。

「どうした?」

考えこんでいる与四郎に、千恵蔵がきいた。

「へえ。ちょっと勝栄さんのことを考えていて」

「そうか」

「で、愛甲屋の罪状はどの程度で?」

「詐欺だけじゃねえ。十五年前、愛甲屋は悪徳駕籠かきを使って横瀬さんを殺そうとしたんだ。他にもひとを怪我《けが》させている形跡がある。それらが立証されたら、よくて永の遠島、へたをしたら死罪だ」

「死罪……」

死罪と聞いて、改めて太助の父親だということを考えて、複雑な気持ちになった。

ふと、千恵蔵は思いだしたように、

「お華から聞いたが、太助とは好いた惚《ほ》れたという仲ではなく、弟のように愛《いと》おしいそうだ。太助もお華は姉のように慕っているのだ」

と、話した。

「そうでしたか」

母親のいない寂しさを、お華が埋めてくれているのかもしれないと、与四郎は思った。

そこに太助が帰ってきた。

「お帰り」

小里が声をかけた。

与四郎は千恵蔵と顔を見合せ、話を打ち切った。

「さてと、長居をしちまったな」

千恵蔵は立ち上がった。

「親分さん」

小里が声をかける。

「夜も遅いですし、今夜は泊まっていったらいかがですか」

「そうです。泊まってください」

与四郎も勧める。

「すまねえな。でも、やることもあるんでな」

「そうですか。じゃあ、親分、大晦日《おおみそか》はうちにきていっしょに元日を迎えませんか」

小里が言う。

「そこまでずうずうしくなんか出来ねえ」

「そんなことありませんよ。だって親分は私たちのおとっつあんみたいなひとですから」

小里が言い、

「ぜひ、そうしてください」

と、頼んだ。

「親分、小里がこんなに頼んでいるんです。大晦日はうちに泊まってください」

与四郎が言うと、千恵蔵は笑いながら、

「そう言ってくれるのはうれしいぜ」

と、顔をそむけた。

与四郎は千恵蔵が目尻《めじり》に手をやったのを見た。涙を拭ったのだ。千恵蔵の涙を、与四郎は不思議そうに見ていた。

本書は時代小説文庫（ハルキ文庫）の書き下ろし作品です。

時代小説文庫

こ6-41

母《おや》子《こ》慕《ぼ》情《じょう》 情《なさ》け深川《ふかがわ》 恋女房《こいにょうぼう》

著者　小《こ》杉《すぎ》健《けん》治《じ》

2023年2月18日第一刷発行

発行者　角川春樹

発行所　株式会社 角川春樹事務所

〒102-0074 東京都千代田区九段南2-1-30 イタリア文化会館

電話　03(3263)5247[編集]　03(3263)5881[営業]

印刷・製本　中央精版印刷株式会社

フォーマット・デザイン&シンボルマーク　芦澤泰偉

ISBN978-4-7584-4529-0 C0193　©2023 Kosugi Kenji　Printed in Japan
http://www.kadokawaharuki.co.jp/[営業]
fanmail@kadokawaharuki.co.jp[編集]　ご意見・ご感想をお寄せください。